一夜限りのつもりが、再会した御曹司に愛し子ごと包まれました

m a r m a l a d e b u n k o

宇佐木

JN020753

マーマレード文庫

目次

一夜限りのつもりが、再会した御曹司に愛し子ごと包まれました

一夜限りのつもりが、再会した御曹司に愛し子ごと包まれました

1．最後のクリスマス・イブ

十二月の東京《とうきょう》も、故郷と変わらず寒いんだなって上京した年に思ったっけ。

紙切れを握りしめながらアパートの前で立ち尽くしていた私は、冷えた外気に触れ、そんなことをふいに思い出して苦笑した。

北守風花《きたもりふうか》。この前の日曜に二十九歳になった。

東京に来て、もうすぐ八年目。派遣先の会社では、どこであっても毎回真面目《まじめ》に働いていたつもりだった。無遅刻無欠勤。自分の担当業務じゃなくても積極的に引き受けていたし、期日もきちんと守っていた。……だけど。

スマートフォンのロック画面に表示されていた日付に目を落とす。

「やっぱり、このまま年内で契約終了だよね。ダメだったかあ……」

無意識に心の声が口から出た。

今日は十二月二十二日。三年ルールにより、今の派遣先は今月で一度退社することになっている。退社が決まっているのに契約終了に落胆《らくたん》している理由は、以前社員登用の話がちらりと出ていたからだ。

何度目かのため息を落としたタイミングで、メッセージの着信音が鳴った。

《今なにしてる？　明日は休みでしょ？　よかったらご飯行かない？》

メッセージの送信主は、同郷《どうきょう》で旧友の涼《りょう》。

彼女は名前の通り涼《すず》やかなカッコいい女性で、私と同じ芸術系の専門学校に通い、ビジュアルデザイン科を卒業後に入社した広告会社でアートディレクターとして活躍している。彼女が作った動画広告やパンフレットなどに日常生活で触れることもしばしばあり、自慢の友人だ。

涼と前に会ったのはいつだったかな。夏の終わりくらい？　お互いに……というか、涼の方が多忙で、都内にいてもなかなか会えない。

そう思ったら、今日の誘いはふたつ返事でオーケーしたいところ。でも。

私は握りしめて皺《しわ》くちゃになった紙に目をやった。皺で歪《ゆが》んだ文字は《退去のお願いと工事日程》と書いてある。

給与が安定していない私は、もちろん家賃が安いアパートに住んでいて、このたびそのアパートの老朽化《ろうきゅうか》や大家さんの年齢を理由に取り壊しが行われるらしい。といっても、来月だとかそういう横暴《おうぼう》な知らせではなく、退去まで半年から最長で一年の時間をくれている。

だけど、正社員登用も白紙、そのうえ住むところまで失うとなれば不安しかない。貯蓄がほぼゼロなのも一因《いちいん》だ。現状では引っ越し代も厳しい。そんな財政状況で、涼の誘いに即答できるわけがない。

私は悩みに悩んだ結果、こう送った。

《時間はあるんだけど……その、持ち合わせが……ごめん》

涼とはなんでも話せる関係だから、私が築三十年以上の古いアパートに住んでいるのも、元カレの借金の保証人になったせいで一度貯金が底をついたことも知られている。だからといって、羞恥心《しゅうちしん》がなくなったわけではないから、こんな返信しかできない自分が情けないし恥ずかしい。

下唇を噛《か》んでスマートフォンの画面を見つめていると、今度は電話がかかってきた。

「もしもし。涼？　ごめん、私」

『じゃあさ、出世払《しゅっせばら》いでいいから今日は私がごちそうしようか？』

涼は前置きもなく開口一番《かいこういちばん》にメッセージの続きの話をしてきた。

飲み物をごちそうし合うような日もあるし、時と場合によっては甘えたりもする。ただ、今はなんだか素直に『ありがとう』と言えない自分がいた。

すると、涼が察してくれたのか、提案内容を変えてきた。

『わかった。それならうちにしよ。ちょっと散らかってるけどいい？　で、泊まっていきなよ。家に余ってるお酒とかあるし。むしろ飲んでくれたら助かるんだよね』

「助かるってなんで？　でも、うん。ありがとう。涼の家なら大丈夫かも。今から泊まる準備してそっちに向かうと三、四十分くらいかな」

『オッケ。それじゃ、とりあえず待ってるね。気をつけて』

「うん。そっちの駅に着いたら連絡する」

私は通話が切れたスマートフォンをバッグに入れ、アパートに入っていった。


涼が暮らしているのは、ワンルームのデザイナーズマンション。ワンルームといっても、二十畳近い広さがあるためとても快適そうに見える。室内の造りやレイアウトもオシャレで、ホテルライクな部屋だ。

遊びに来たのは半年ぶりくらい。記憶に残っている涼の部屋を想像しながらお邪魔《じゃま》した瞬間、固まった。

「ごめん。本当に散らかってるでしょ？」

「ち、散らかってるっていうか」

見渡した室内には、所狭しとダンボールの山。どれも同じイラストと文字が入っているダンボールだ。

「引っ越すの!?」

「うん。今日、風花に声をかけたのは、その報告も兼ねてたんだけど」

「どこに？　え、いつ？」

突然のことにびっくりしすぎて軽く動悸《どうき》がする。

「まーまー、それもこのあとゆっくりお酒飲みながら」

涼は手を洗いながら焦《じ》らすようにそう言って、今しがた買ってきたものをテーブルに並べる。話の続きが気になる私は、急いで準備を手伝った。

そしてテーブルを挟んで向かい合って座り、缶チューハイの蓋《ふた》を開け、「カンパイ」と軽く缶を合わせた。

「で！　引っ越しってどこに？　転勤ってこと？　何月に？」

待ちきれずにお酒を口に運ぶのも後回しにして、矢継《やつ》ぎ早《ばや》に質問を投げかける。

涼はひと口お酒を飲んでから、缶をテーブルに置いて答えた。

「そういうこと。来月末から大阪《おおさか》。あっちに大口クライアントがいくつかあって。この仕事は自宅でもできるけど、結局クライアントとの打ち合わせはやっぱり直接会った方がイメージ共有しやすいから」

「そんな半端《はんぱ》な時期に？」

「年度末は忙しいし、今のうちにって。少しでも早く向こうに行けば、今抱えてる取引先とも頻繁《ひんぱん》に打ち合わせできるし。白羽《しらは》の矢が立ちました～」

涼は白い歯を見せつつ、Ｖサインを作る。

彼女の活躍が眩《まぶ》しくて、無意識に視線を落として缶チューハイを両手で握った。

「涼はすごいね。夢叶《かな》えて、経験値も信頼も得て、大口クライアントを任されるくらいになってるんだもん」

約十年前は、科は違えど同じ学校に通っていて、同時にスタートラインに立っていたはずなのに。気づけばこんなにも距離が開いてしまっている。

涼に対し、羨望《せんぼう》はずっと抱いていた。だけど妬《ねた》みはない。それは、涼が昔からずっと頑張《がんば》ってきたことを知っているから。ただ、自分の不甲斐《ふがい》なさやもどかしさなどはどうしても拭《ぬぐ》えなくて、卑屈《ひくつ》な気持ちが出てしまう時もある。

それは私に心の余裕が持てない時。そう、まさに今みたいな……。

黒くモヤモヤした気持ちが嫌で、懸命《けんめい》に払拭《ふっしょく》しようと胸の内で戦っていると、目の前でトンッと音がして顔を上げた。涼が缶チューハイを軽快に置いた音だ。

「じゃあ、次は風花！　さっき途中だった話の続き聞かせてよ」

彼女の明るい声に、私のネガティブな感情は引っ込む。

私の話なんて。彼女の希望に満ちた話題のあとにしたものなら、辛気臭《しんきくさ》い空気になること間違いなし。どうしよう。せっかくのお祝いの雰囲気《ふんいき》に水を差したくない。とはいえ、うまいごまかし方も浮かばなければ、親友に嘘《うそ》もつきたくない。むしろ来月中に遠くへ行ってしまうなら、今きちんと面と向かって話すべきだよね。

そうして、「楽しい話題じゃないんだけどね」と前置きをしたうえで、現在身に降りかかっている出来事《できごと》をすべて話した。

涼は話を聞いている間、お酒もおつまみも口にせず真剣になってくれていた。

「それはなかなか……へこむね」

「ねー。はあ。本当、学生時代はこんな未来なんて想像もしてなかったなあ」

専門学生だったあの頃。写真科にいた私の夢は、シンプルに〝写真家〟になりたいというものだった。

若い頃写真が好きだったという父に、たまたま連れられて行った写真展に影響されたのだ。写真なのに絵画《かいが》のようで、うっとりとした感覚をいまだに覚えている。

そのあと、父からカメラを譲ってもらって操作のいろはを学んだ。

写真を撮《と》ることが好きで、高校生になって進路を考える時期になると、写真を撮る仕事をしたいと思った。それも、オーダーを受けてクライアントの希望に沿《そ》う写真を撮るカメラマンやフォトグラファーではなく、自分の撮りたいものを撮る、写真家という肩書きが憧《あこが》れだった。

高校時代から続けていたアルバイトで得たお金で、学生にとっては高額なデジタル一眼《いちがん》レフカメラを買い、行ける範囲でいろんな場所へ行っては夢中でシャッターを切った。しかし、就職活動は思うようにいかず。憧れていた撮影技術力に定評のある東京の企業や事務所からは断りの通知が来るだけで、あっという間に卒業。

焦《あせ》った私は意を決してとりあえず上京するも箸《はし》にも棒にもかからず、結局派遣会社に登録をしてどうにか生活していた。

いろんな企業で働く中で、奇跡的に広告会社に派遣されることもあった。が、内容は当然カメラマンアシスタントなどではなく一般事務。それでも、いつかチャンスが訪れるかも、と真面目に働いていたのに、あっさりと契約満了を言い渡される。その繰り返しだった。

東京の有名な企業に入社して、カメラの経験を積みたい。そう願っていたあの頃の自分を思い出しては、胸が苦しくなる。

今では生活が苦しく、仕事を選んでなどいられず希望の職からは遠のいている現実。

しかも、なによりも好きだったはずの写真を撮る時間が取れない。カメラだって棚に飾ってあるだけで、最後に持ち出したのはいつだっただろう。

膝《ひざ》を抱えて座っていた手に、グッと力を込める。

「大抵みんなそんなもんよ。私だって、三十歳になるまでには『代表作』って自慢できる作品を持って、もっと輝いている想像をしてたもの。現実は全然。まだ独り立ちもできていないし」

涼は微笑《びしょう》を浮かべ、枝豆を指で摘《つ》まんで続ける。

「いくつになっても夢を追いかけたっていいし、別の夢を見たっていいじゃん。変化はあって当たり前でしょ？　進むのも立ち止まるのも戻るのも、自由だよ。誰も咎《とが》められない」

彼女の言葉は、私にとって都合のいい慰《なぐさ》めなのかもしれない。それでも心が少し軽くなる。

「これからも風花が真剣に考えて出した答えなら、どんなことだって応援するよ」

涼に笑いかけられて、私は目尻に溜《た》まっていた涙をさりげなく拭う。

「うん。ありがとう。私も同じ気持ちだよ」

現実的には厳しくても、私の夢は私のものでほかの誰にも否定できない。自分がどう思って、どう考えて、なにを選択するかは自由だから。

その夜、私は涼と学生の頃の思い出話に花を咲かせ、久しぶりに明け方近くまで語り尽くした。


翌日は土曜日。休日だった私たちは、ふたりで昼まで寝ていた。

起きて身支度を整えたあと、涼と一緒に駅近くのカフェで食事をした。それから、クリスマス一色《いっしょく》の街の中、ウインドウショッピングをして夜にはアパートに戻った。

「ただいま」

ひと晩空けた部屋はいつも以上に冷えていて、すぐにエアコンをつける。

都心から離れたこのアパートは八畳のワンルーム。古いもののバストイレやエアコンまで設置されていて、さらに家賃が安かったため即決した。

部屋の中央に立ち、ゆっくりと部屋を見回した。カラーボックスに目が留まり、収納しているA4ファイルへ手を伸ばす。数冊ある中から一冊取って開いた。

これは私のポートフォリオ。就職活動中、企業への面接では必ず持参していた。

ポートフォリオとは、簡単に言うと自分の作品集。専門学生の頃、就職活動の一環《いっかん》として作成したものだ。十代の頃に撮りためた作品から、よりいいものを二十作程度抜粋《ばっすい》している。ちなみに私の写真は、自然や街並みなどの風景ばかり。

懐《なつ》かしい故郷の景色を写した作品を眺め、最後のページまで捲《めく》る。ファイルを手にしたまま床に座り込み、畳《たた》んであった布団《ふとん》に顔を突っ伏した。

涼と話して、得《え》も言われぬ不安がほんの少し薄れた。だけど、実のところ立ち直ってはいない。というか、心が折れてしまった。

好きなことを仕事にして生きていける人は、ごく僅《わず》かなのだと改めて痛感した。同時に、ここが私の区切りなんじゃないかと思ったのだ。

派遣先はまた紹介してもらえる。アパートもまだ猶予《ゆうよ》が半年あるから、移り先さえ見つけられたら、とりあえず引っ越し代を親に借りるという手もある。

ただ、それだけやってみる価値があるの？　私の中にそれだけの熱量が残っているのかと問われたら……。

辛《かろ》うじて指をかけていたファイルを一瞥《いちべつ》する。

どんな苦境でも、本当に目指すものが東京にあるのなら、恥を忍んで両親に頭を下げてお金を工面《くめん》してもらっていたかもしれない。けれども、何年も東京にしがみついて現実に打ちのめされた今、あの頃と同じ前向きな気持ちを取り戻せない。

勢いもやる気も全部、三十路《みそじ》を前に萎《しぼ》んでしまった。さらにここにきて、学生時代に『夢を叶えよう』と鼓舞《こぶ》し合っていた盟友《めいゆう》が離れてしまうと聞いたら、なおさら。

「ここが潮時《しおどき》なんだ、きっと」

私はひとりきりにもかかわらず、思わずそう零《こぼ》して苦笑した。


気持ちにけじめをつけた翌日は、なんだか気持ちが昂《たかぶ》っていた。

おそらく、思い描いていた自分の未来と決別する覚悟を決めたから。それと、今日はクリスマスイブで街が賑《にぎ》わっているのもあるかもしれない。

街中がどこか浮き立っているようにも感じ、その雰囲気に誘われてふらりと当てもないまま定期券を使ってJRに乗った。

電車に揺られ始めてもなお行き先は特に決めず、すっかり陽が落ちた外の景色を窓から眺めていた。そのうち、自分の姿に焦点が合う。

最後のクリスマスイブを過ごすのだから、と選んだ服は、同僚の結婚パーティーの時に買った落ち着いたカーキ色のセットアップ。ボトムスはパンツなのに、ふわりとした質感で綺麗《きれい》めなスカートにも見えるものだ。それと赤のマフラーがクリスマスカラーになっていて、少し気分が上がる。

クリスマスツリーみたいに、私はキラキラ輝いてはいないけれど。

自虐《じぎゃく》めいたことを考えていた次の瞬間、ふっと思い浮かぶ。

東京に来てすぐ、様々《さまざま》な景色を撮りたくていろんな場所へ出かけた。一番のお気に入りの場所——汐留《しおどめ》シオサイト5区イタリア街《がい》。その名の通り、イタリアのような街並みが見られるのだ。

そこへは初めの一、二年は写真を撮るために足繁《あししげ》く通っていた。でも、そのうち派遣先の仕事についていくのがやっとで、心に余裕を持てず足が遠のいていった。そうしてカメラ自体手にする頻度が減っていき、今では最後にその場所を訪れたのがいつだったか思い出せないほど。

今日だって……。ちょっと歩けばクリスマスムードで、クリスマスツリーのイルミネーションや、クリスマスをモチーフにした飾りがそこかしこにあるのに。

いい画《え》がたくさんあるとわかっていても、私はあえてカメラを置いてきた。

〝最後に〟——と、渾身《こんしん》の思いでシャッターを切るのもよかったかもしれない。しかし、それを選ばなかった。

昨日、夢を追いかけるのはやめて、実家へ戻り堅実《けんじつ》な仕事を探すと決めたばかりだ。そんなふうにカメラを手にしたら、後ろ髪を引かれそうな気がした。

地元を離れてここで頑張ってきたこれまでを頭に思い浮かべているうち、新橋《しんばし》駅に到着した。私は電車を降り、人混みの中を歩いていく。

「ああ、綺麗」

懐かしい気持ちを抱えてたどりついたら、ブルーのイルミネーションに包まれるイタリア街が目の前に広がっていた。

キラキラと輝くもみの木に囲まれた広場まで続くアーチには、小さな光の粒が点灯《てんとう》している。人々の笑顔と相まって、とても微笑《ほほえ》ましい幸せな景観だ。

考えたらクリスマスシーズンに訪れたのは、初めの二年くらいだけだったかもしれない。五年以上ぶりの大好きな街のクリスマス仕様《しよう》に、あの頃のわくわく感が蘇《よみがえ》る。

青白い光なのに寒さも感じず、非現実的な煌《きら》めく世界に没入《ぼつにゅう》していた。

通行の邪魔にならない脇へと移動して、しばらくぼんやりと街の景観を眺め続ける。

どこを切り取っても絵になる、魅力的な街。行き交う人たちみんなが笑顔になっているのも頷《うなず》ける。こんなに眩い場所に立っているのにもかかわらず、私はきっと辛気臭いオーラが出ているに違いない。

二十代最後のイブは、ひとりきり。それも置かれた状況はどん底。イルミネーションが煌びやかであるほど、自分だけが取り残されている錯覚《さっかく》に陥《おちい》る。

ダメ。今日は最後に思い残すことのないように過ごそうって決めたんだから。涙は引っ込めて、下唇を噛むのも俯《うつむ》くのもやめて……。

意識的に顔を上げると、ひと際目立つビルが視界に飛び込んできた。あれは確か、このあたりで最もランクが高く有名なホテル『アルベルゴ・アメシスト』だ。

数百メートル先で静かに、でもしっかりと風格や存在感を放つ佇《たたず》まいを眺める。

三十歳目前ともなれば、ああいう場所を利用すればどの程度の費用がかかるか、おおよその相場は理解しているつもり。今の持ち合わせで宿泊なんて到底無理。レストランでディナーも厳しそう。大体、今日はイブできっと予約でいっぱいだろうし。

ああいう大人の時間を過ごせる場所を、一度でも誰かと一緒に味わってみたかった。

二十代前半に初めてできた恋人は、学生気分を捨てきれない相手で、そのうち考え方などすれ違い始め、破局した。挙句《あげく》、別れた直後に借金の保証人にされていたことも発覚して。それから、今日までそういった縁はない。

いつか恋人と、と想像していた未来を経験しないまま地元に戻るんだな……私。

そのうち、だんだん悔しい気持ちになってきた。

頭の中でお財布の中身を思い出し、バッグの肩紐をぎゅっと握る。

どうせ〝最後〟だ。そう思えば、今までならできなかった行動も取れる。

そうして、迷わず前方に見えるホテルを目指し、歩き出した。

数十分後。私はアルベルゴ・アメシストのラウンジバーにいた。

胸が緊張で高鳴る中、コートを脱ぎ勇気を出して入店する。すると、すぐ目に飛び込んだのは広々とした空間と、夜景を見渡せるパノラマウインドウ。席と席にゆとりがあって、居心地《いごこち》がよさそうだ。

そして、L字のカウンターテーブルはイタリアの大理石、イタリアンブラウンと思われるものが使用されていた。言わずもがな上品で素敵で……感嘆《かんたん》の息を漏らすほど、特別な雰囲気を感じていた。

店内は多くのお客さんがいたけど、運よく入り口に近いカウンター席が二席空いていた。私はスタッフにコートを預けたのち、端の席に案内されて着席する。

「いらっしゃいませ。お飲み物はいかがなさいますか？」

「えっと……」

バーテンダーは笑顔で話しかけてくれているのに、緊張でどうにも強張《こわば》ってしまう。

バー自体は何度か行った経験はある。でも、会社の人たちが一緒だったから、決まって周囲に倣《なら》って同じものをオーダーしていた。そのため、自分でなにかをオーダーしたことがないし、ましてこういったオーセンティックバーは初めてで戸惑《とまど》うばかり。

一番心配なのは、手持ちのお金のこと。以前なにかで、ここは『予算に合わせてお酒を提供してくれる』と見聞きしたから、きっと大丈夫だとやってきたのだけれど。

私は周囲のお客さんに聞こえないよう、小声でバーテンダーの男性にお願いする。

「あの。比較的お手頃な値段でいただけるような、アルコール度数高めのカクテルはありますか？　恥ずかしながら手持ちに余裕がなくて……」

本当はほどよく飲みやすいカクテルを二〜三杯オーダーできたらいいけれど、このバーだったら持ち合わせでは絶対に足りない。この素敵な空間を少しでも堪能《たんのう》する策として、時間をかけて楽しめそうなお酒を尋《たず》ねた。

バーテンダーは私の変わったオーダーにも怪訝《けげん》な顔を見せず、終始笑顔で対応する。

「お客様はお酒には強い方ですか？」

「それなりに飲める方だと思います」

頷いて答える私を見て、バーテンダーはさらににっこりと笑う。

「左様《さよう》でございますか。では、辛口《からくち》、甘口のご希望は？」

「甘めだとうれしいです」

彼は「かしこまりました」と気品ある会釈《えしゃく》ののち、手早くカクテルを作り始める。

細長い円柱形のコリンズグラスにクラッシュアイスを半分ほど入れたら、ジンなど数種類のお酒を注ぎ入れる。途中、カクテルを混ぜるためにバースプーンをグラスの中で動かした際のカシャ、カシャという氷の音が耳に心地いい。

最後にコーラを適量入れ、軽くステアしたあとは仕上げにレモンスライスとミントの葉を添え、黒いストローを二本差した。

「ロングアイランドアイスティーでございます。一気に飲むと酔いが回りますので、ゆっくりと召し上がってくださいね」

補足とともに目の前にコースターを置き、カクテルをスッと出される。

「ありがとうございます」

薄い飴色《あめいろ》のカクテルに注目する。

『ロングアイランドアイスティー』と言っていたけれど、紅茶は入っていないよね？

コーラは入れていても、紅茶らしきものは手にしていなかった。だけど目の前のカクテルは、色味や飾りつけ的にアイスティーそのものだ。

本当、綺麗。薄茶に染まったグラスの中に、小さな氷がぎっしりと入っていて、その隙間《すきま》から炭酸の気泡《きほう》が水面へ向かって動き、はじけて消える。

カクテルだけでなく、ここのバー自体がまるで外国のバーのような空間で絵になるため、思わずいろんな角度からカクテルを観察してしまう。

私だったら、もちろん被写体のメインにするのはこのカクテル。レンズから取り込む光の量を調節する『F値』をほどよく絞って、バックに多くのボトルが並ぶ棚とバーテンダーの手元を配置するような構図で一枚……。

心の中でぶつぶつと呟《つぶや》いていると、バーテンダーが後方の出入り口へ向かって「いらっしゃいませ」と声をかけ、さらに続ける。

「申し訳ございません。本日は大変混み合っていますので、空いているお席はそちらのみとなっておりまして」

そう言ったバーテンダーが指し示した席は、私の隣だった。

「構わない。さすがに今日はイブだけあって賑わってるようだな」

聞こえた声は男性のもので、コートをスタッフに預けたのち、こちらに軽く会釈をして隣に座った。瞬間、柑橘系《かんきつけい》の残ったアンバーの控えめな香りがふわりと鼻孔に届く。微《かす》かにわかる程度の香水の匂いにいざなわれ、ちらりと目を向けた。

親しげにバーテンダーへ話しかける男性は、上質そうなジャケットと、誰でも一度は耳にしたことのある高級ブランドの腕時計をしている。

行儀《ぎょうぎ》が悪いとはわかりつつ、隣の彼の身なりからいろいろと想像をしてみた。

こういう場所に来る人だもの。それも定期的に来ているみたいだし、実業家とかそういう特別な人っぽい。

「まずはいつものでよろしいですか？」

「ああ」

バーテンダーと彼の会話から、やはり隣の男性は常連客なのだと確信する。

そういった人がオーダーする『いつもの』とはどんなお酒なのかと純粋に気になって、私は自分のカクテルに口をつけずにお酒を作るバーテンダーを観察していた。

タンブラーグラスにライムを搾り入れ、氷を入れてボトルの蓋を開けた。逆台形のボトルはどうやら海外製なのかとてもオシャレで、香水瓶みたい。カクテル用のメジャーカップに注いでいる時、ボトルに〝Ｇｉｎ〟と記載されているのに気づいた。

ジン……ライム……。だとすると、定番のジントニック？

予測しながらも夢中でバーテンダーの手元を見続ける。

ジンを計って入れたあと、トニックウォーターを氷にかけるようにゆっくり回し入れる。それからくし型に切ったライムをグラスの薄い口に飾り、完成した。

さすがカクテルを作るプロ。手際がよすぎて、思わず見入ってしまった。バーのカウンターはお酒を飲むだけでなく、こういった楽しみ方もあるのかもしれない。

無意識に隣の席のカクテルを見つめていたら、パチリと隣の男性客と目が合った。

私は慌《あわ》てて顔を戻し、自分のカクテルに差してあるストローに口を寄せる。

実はさっきも思っていたけれど、ものすごく容姿の整った人。白の襟《えり》付きシャツとグレーのハイゲージニット、黒のジャケットといったシックなコーディネートで、そのシンプルな装《よそお》いが余計に彼の美形な顔立ちを引き立てている。

極めつきは、このラグジュアリーな雰囲気のバーとカクテルがよく似合うこと。絵になるって、こういうことを言うんだな。

私はほんのひと口お酒を含むだけで、気持ちは隣の男性に向いていた。

もう一度だけ、とこっそり横目で彼を見る。

鼻筋が通っていて、横顔も本当に綺麗。グラスを持つ手の大きさや、すらりとした指も完璧。ほどよい厚みの唇にグラスを触れさせるその場面、一枚撮りたい。カウンター席を活かして、奥行きのある放射構図にして……。

これまで撮るのは風景写真だけだった。人物は友人に頼まれた時や、記念撮影くらいだ。なのに、まさかこんなにも意欲を掻《か》き立てられる被写体に出会えるなど思ってもいなくて、ひとりうずうずした。

さすがにもう迷惑になると思っているのに好奇心と欲求が堪《こら》えきれず、自然体を装って彼に目を向けた。その時。

「お酒、強いんですね」

「えっ？　あ、痛っ」

今度は視線がぶつかるどころか、直接話しかけられて心臓が飛び跳ねた。さらには、咄嗟《とっさ》にグラスを持った拍子《ひょうし》に右手に痛みが走り、思わず顔を顰《しか》める。

毎日のようにカメラを持っていた頃、シャッターを切る動きが原因で右手親指付け根から手首あたりまで腱鞘炎《けんしょうえん》になった。ここ数年写真を撮る時間がなかったと言っても、デスクワークでパソコンを使うため完治してはいない。

「大丈夫ですか？」

「あ、はい。すみません」

手首を押さえながらしどろもどろに答えると、彼は安堵《あんど》した表情を浮かべ、ナチュラルに会話を続ける。

「それ、ロングアイランドアイスティーでしょう？　ご自分でオーダーを？」

彼はそう言って、私のグラスを見た。

「いえ。こういう場所にひとりで来るのは初めてで。バーテンダーの方におまかせしたんです」

私たちの話がたまたま耳に入っていたらしいバーテンダーは、ニコリと笑って言う。

「一般的にそちらはアルコール強めのカクテルですが、念のため今回はソフトドリンクを少々多めにしていますからご安心を」

そこに、私たちから一番離れた席のお客さんが片手を上げてバーテンダーを呼んだ。彼は会釈をしてそちらに向かっていった。

「あちらのバーテンダーさん、とてもいい方ですね。話しやすいし」

「ああ。でも、評判の悪いバーでは今回みたいなオーダーは控えた方がいい。強い酒を出してよくないことをしようとするやつもいるから」

「あ、そ、そういう話だったのですね。すみません。私が強いお酒をオーダーしたせいで余計なご心配とご迷惑を」

危険な場合もあるとは知らなかった。なんとなく気まずくなり、話題を変える。

「ええと、バーテンダーの方と親しいんですね。よく来られるんですか？」

「月に一、二回は」

「へえ。いいですね。定期的にこの雰囲気を味わえるだなんて」

毎月こんな素敵な場所でお酒を飲める生活だったなら、仕事も頑張れそう。なにより、私生活が充実しそうなイメージだ。

「お店の内装も景色も特別感があって、カクテルも美味《おい》しい。クリスマスイブだから、窓から見えるイルミネーションがとても綺麗だし」

「イブ、ね。もしかして誰かと待ち合わせ中だった？」

「いいえ。ひとりです。今日は思うままに好きなことをしようって決めて」

彼はグラスを口に運んだあと、微笑を浮かべて言う。

「ああ。自分へのご褒美《ほうび》的な？」

「ご褒美というか……。自分を甘やかしてあげる特別な日です」

〝頑張ったご褒美に〟というたとえも、まるっきり外れてはいない。でも、なんとなく自分の中ではニュアンスが違った。

頑張りはしたが思うようにいかなかった——敢闘《かんとう》賞的な感覚が近いかもしれない。

それから私は暗い話題を避《さ》け、仕事や趣味の話は一切出さず、自分のお気に入りであるイタリア街の景色を眺めて過ごしていたことだけを話した。

それがとても充実した時間で、その流れでここへ訪れたということも。

彼は見ず知らずの私の話に、時折耳に心地いい低い声で相槌《あいづち》を打ってくれた。

そのうち、話す内容はお酒についてや学生時代の面白いエピソード、子どもの頃のクリスマスの日の話題に流れていった。

印象的だったのは、彼は昔からクリスマスプレゼントになにもリクエストをした記憶がないという話。

なにをお願いしたのかを忘れたということではなく、欲しいものが浮かばなくて、いつもその時期の流行《はや》りのものやお菓子がプレゼントされていたらしい。

ちなみに彼にはお兄さんがふたりいて、一番上のお兄さんは大人顔負けの電子機器、二番目のお兄さんは多種多様な本、そして彼はサンタクロースにおまかせという三者《さんしゃ》三様《さんよう》のプレゼントだったたと笑って話してくれた。

そんなたわいない話が楽しく、そしてこちらの現状をなにも知らない相手と交わす会話は、とても気が楽だった。ひとりきりよりふたりの方がお酒もより美味しくて、唯一のカクテルももう残り僅かになる。

「すみません。長々と話し相手になっていただいて」

お酒のせいか、はたまた〝今日は特別〟だなんて自分で思っているせいか、相手の都合も考えずについ話し込んでしまった。

「興味のある人の話は聞いていてこっちも楽しいから、時間も忘れていたよ」

彼の反応にほっと胸を撫《な》で下ろすと、「ふっ」と短い笑い声を漏らされる。

「本当は今日、イブだから店は混んでいると思って、ここへ来るかどうしようか悩んだんだ。でも、『一杯だけ』と来てみて正解だったたな」

さっきよりも少し砕けた口調と、こちらに向ける親しげな眼差《まなざ》しにドキッとする。

すると、彼はさらに動揺させるひとことを放つ。

「君に会えたから」

耳を疑った。ううん。耳だけでなく、彼との出会い、会話そのものを。いつの間にか、お酒に酔いつぶれて見ている夢なのではないかと思うほどの衝撃だ。しかし、現実にはまだ酔っていないし、氷が残るグラスの温度も手のひらにリアルに伝わっている。心臓が脈打つ感覚だって、確かなもの。

だけど、今の私は社交辞令という言葉を知っている。

有名モデルと言ってもおかしくないほどの端正《たんせい》な彼の顔を食い入るように見つめ、やっとの思いで言葉を返す。

「そんなセリフをいただけて、予期せぬクリスマスプレゼントをもらった感じです」

ああ。勇気を出して決断して、ここへ足を運んでよかったな。ひと時だけでも楽しい気分を味わえた。大丈夫。鵜《う》呑みになんかしたりしない。場の空気に合わせて甘い言葉をかけてくれただけだと理解している。大人の世界ではよくあることで、こういう上辺《うわべ》の会話を楽しむのも一興《いっきょう》とわかるくらいには歳を重ねたつもりだ。深く捉えず、今を楽しめたと思えばいい。

「私、今日だいぶ背伸びしてここへ来たんです。正直、自分もお財布も痛いなって思ってましたけど、最高にいい日になりました。滅多に言われないようなリップサービスが聞けて、可愛くて美味しいお酒が飲めて。本当いい思い出になる」

私は笑顔で答えたあとストローを咥《くわ》え、最後まで飲み干した。

腕時計に目を落とすと、午後九時になるところ。三十分くらい滞在できたらいいかなと思っていたのが、あっという間に一時間経っていた。

ちょうど店内に新しいお客さんが入ってくるのに気づき、席を立つ。瞬間、酔いが回って視界が歪んだものの、どうにか持ち直して平静を装った。

「それでは、私はお先に失礼します。あ、すみません。お会計お願いします」

彼にひとこと断り、スタッフに声をかけている時も頭の奥がぼんやりした感覚だった。たった一杯だけだったはず。しかし、アルコール度数の高いお酒をオーダーしたのもあり、思いのほか酔ってしまっているようだ。もしここで具合でも悪くなったり倒れたりすれば多大な迷惑をかける。

私は気持ちを強く持ち、バッグからお財布を出した。ところが――。

「会計はこちらにつけてくれ」

「えっ」

さっきまで話し相手をしてくれていた男性が、急に私の分まで支払いをしようとするものだから声をあげてしまった。そんなことまでしてもらう義理はないと思いつつも、こういうシチュエーションでは頑《かたく》なになるよりも、せめてこの場だけでも受け入れた方がスマートなのかと困惑する。

彼は判断に迷う私を見て、耳元に唇を寄せた。

「俺もそろそろ出るよ。この時間からはディナーを終えたカップルが増えるだろうし、さすがにこれ以上長居するのは気が引けるしね」

肩を並べて話をしていた時にも、低くてセクシーな声だなと感じてはいた。だから、ふいに耳に直接ささやかれると、いっそうドキドキする。

落ち着きのある魅力的な声を無意識に反芻しているうちに、会計が済んでしまったみたいだ。私はとりあえず財布を戻し、スタッフからコートを受け取って彼と一緒にバーをあとにした。

エレベーターホールへ向かいながら、一歩前を歩く彼に言った。

「待って。あの、お支払いを……」

一度立ち止まり、バッグの中を探るために真下を向いた途端、目が回る。

今になってあのカクテルが普段飲んでいるお酒と比べて相当強かったとわかるも、

もう遅い。平衡感覚《へいこうかんかく》がなくなって、自分の身体が傾くのを感じた。

倒れ込むのを覚悟したのにどこも痛めずに立っていられるのは、彼が瞬時に私を支えてくれたから。

「――っと。危なかった。やっぱり酔ったんだろう？」

「なんか急にグラッと……すみません。もう大丈夫です」

慌てて彼の腕から離れた拍子に、今度は後ろに身体が傾いた。咄嗟に目を瞑《つむ》ったと同時に左腕を引っ張られ、その勢いのまま彼の胸の中に収まった。

「ほら。大丈夫なんかじゃないだろ」

彼は呆《あき》れ交じりに言うものの、面倒見のいいやさしい声に聞いて取れる。それに、この匂い。さっきバーで隣の席に着いた時にも惹《ひ》かれた香り。

彼の胸に寄りかかり、じっくり香りを追いかけていると、ほのかな甘さに安らぎを感じてこのまま縋《すが》りつきたい衝動に駆られた。

「さて、どうするか。少し休んでからタクシーで帰――」

私は彼の言葉もまともに聞かず、逞《たくま》しい身体に腕を回してジャケットを掴《つか》んだ。

「……お願いです。今夜、このまま一緒にいてくれませんか」

ああ。なにを口走っているんだろう。

もしも、明日いつも通り仕事があったなら……。強いお酒を飲んでいなかったなら、理性を働かせてこんな非常識なお願いなど言わなかったはず。けれども、あの極上な空間で珠玉《しゅぎょく》のお酒を飲んで、今なお夢うつつになっているのかもしれない。

いっそ、なにもかもすべて夢だったなら。

仕事も生活も趣味も夢も、憧れだったこの東京で全部手放す。それが二十代最後のクリスマスイブだなんて。あまりに自分が滑稽《こっけい》で不甲斐なくて……。カッコ悪くても虚《むな》しくても、一夜だけでいいから慰めてほしい。

明日の予定も、その先の予定も将来も白紙の状態だ。無条件に甘やかされ、慰められたい気持ちにもなる。それらをお酒のせいにする都合のよさや、狡《ずる》さもすべてわかっているうえで、今夜だけ。

神様。もう二度と、こんなふうに堕落《だらく》するようなことはしないと誓うから。

「いいよ」

私はびっくりして彼を見上げた。

私だけが心の中で強く慰めを願っていても、彼にとってはあずかり知らぬことなのは理解している。だから、てっきり拒否されると思っていた。

放心していると、彼は笑うでも揶揄《やゆ》するでもなく、真摯《しんし》に受け止めたような顔つきでまっすぐ向き合っている。

東京で過ごす最後のクリスマスイブ。勇気を出して背伸びをして、素敵なホテルのバーを利用して出会った彼は、私にとっては奇跡としか表現できないほど完璧な人。まさに神様かサンタクロースからのプレゼント。しかし、彼にとっては貧乏くじを引いた感じだろう。そう思っていた。

彼の熱を孕《はら》んだ瞳を見るまでは。


星五つのラグジュアリーホテル、アルベルゴ・アメシストのスイートルーム。

そこは悠々《ゆうゆう》とした部屋や優雅な調度品《ちょうどひん》に加え、誰もが息を呑む、宝石を散りばめたような素晴らしい窓外の景色を一望できる贅沢《ぜいたく》な部屋。最上級のシチュエーションだ。

普段の私ならあちこち移動しては、頭の中でいろんな角度から画を切り取って夢中になっている。……けど、今はこちらを見下ろす彼しか見えない。

「ふ、う……ンッ……あ」

唇を重ね合わせた瞬間、心臓の脈打つリズムは速くなり、身体の奥が熱くなる。

何度目のキスかもわからなくなるほど休む間もなく繰り返されるキスに、なにも考えられなくなっていく。ただ心が潤《うるお》い、満たされる感覚に酔いしれた。

彼がとてもやさしく、丁寧に触れてくれるから。

手入れもまともにできていない私の髪を愛おしそうに指の間に通し、耳朶《じだ》を軽く摘まんだあとは、大きな手のひらを頬に添える。それから、親指でゆっくりと唇をなぞって、顔に影を落とした。

キスって、こんなに気持ちのいいものだったんだ。

初めは受け身だったのに、気づけば彼の首に手を回し、ねだるように鼻先を寄せる。そして、彼は私の要求にキスで応《こた》えてくれる。

「ふ。気持ちよさそうな声」

一気に恥ずかしさが込み上げる。口元を両手で覆《おお》おうとしたところに、私を真上から見下ろす彼は手首を掴んで阻止した。

「ダメ。もっと聞かせて。そうしたら俺も気持ちいいから」

半ば仕方なく私の誘いを受けたのだと思っていたのに……。

そんなふうに言われたら戸惑いを隠せない。

いつしか彼が手首ではなく、手のひらを合わせてしっかりと握ってくれている。彼の体温を感じて、安らぎにも似た心地になった。が、汗ばんだ身体を抱き寄せられ、徐々に罪悪感が膨《ふく》らんでくる。

「……ごめんなさい」

他人に利用されることはあっても、利用することなどはないと思っていた。なのに私は、名前も知らない人を捕まえて……なにをしているの。

「なんの『ごめんなさい』？」

彼はまったく気にする素振《そぶ》りもなく、汗で頬に張りついた私の髪を繊細《せんさい》な手つきで直してくれる。

「私、あなたを利用した」

まだ頭の奥はぼうっとして酔っていても、それはちゃんとわかる。

気まずい思いで呟くと、彼はしれっと返してきた。

「どんなふうに？」

彼に問われ、下唇を軽く噛んで考える。

こんな個人的な感情を行きずりの人に打ち明けるのは、得策ではない。自分も居《い》た堪《たま》れなくなるし、なにより彼を困惑させるだけだもの。

微かに残っている理性でそう考えているにもかかわらず、人肌に触れているせいか心の脆《もろ》さをごまかしきれなくなっていた。

「誰からも特別必要とされず、理想にしがみつく気力も底をついて……。そんなつらい感情を和《やわ》らげてくれるから、ついあなたを避難《ひなん》場所にしてしまった」

懺悔《ざんげ》するように、ぽつぽつと答えた。すると、彼はくすっと笑う。

「可愛いな。素直で」

予想外の反応に、おずおずと彼に目を向けた。

「気にしなくていいよ。だって今日はそういう日なんだろう？　〝自分を甘やかしてあげる特別な日〟って」

思わず茫然《ぼうぜん》とする。それは数時間前に私が言った言葉だ。

「だから弱音やグチや不安、全部我慢しなくていい。今夜はそれをひっくるめて、俺が君を受け止める」

彼はそう言うなり顔を近づけ、ちゅっと口づける。彼の懐《ふところ》の深さにもふいうちのキスにも、心底驚いて対応しきれない。

「や、もう十分……」

すると、彼が耳元にさらに甘やかな声でささやく。

「どうして？　〝今夜〟はまだまだ長い。この部屋も、こうしているのも、俺がしてあげたいと思っただけ。だから今はここを君の避難場所にしていい。遠慮《えんりょ》しないで」

さらに酔いが回っているのか、それとも彼の甘いセリフに酔っているのかわからない。心身ともに絆《ほだ》され、抱えている問題をすべて忘れて、遠慮がちに彼の胸に頬を寄せる。誰かの温《ぬく》もりを直に感じるのは久しぶりで、こんなにも心地のいいものだったかとぼんやり思考し、彼に手を触れる。

「あったかい……」

刹那的《せつなてき》なものとわかっていながらも、彼が与えてくれた熱で息を吹き返すように心が満ちていくのを実感する。

彼が私の髪を後ろに流して顔を露わにするなり、唇を近づけてきた。

私はすでに抵抗などする気もない。というか、そもそも自分から彼を誘っているのだから当たり前なのだけれど。

「ん……っ」

触れられた途端、また頬や耳、身体が火照《ほて》っていく。おもむろに距離を取った彼を薄目で見た時、色気にどぎまぎしてしまった。

目と目が合って、言葉を交わさなくともなんとなく呼吸を合わせ、どちらからともなくキスを重ねる。広い部屋に響く甘い声が自分のものだと認めるのが恥ずかしい。

彼の頬にそっと手を伸ばしたら、漆黒の双眼がこちらを向いた。

彼が口元を弓なりに上げるのを視界に入れるや否や甘い唇が落ちてきて、すぐさま固く目を閉じた。そして、彼のやさしさに寄りかかり、肌を重ね合う。

頭の片隅で『これが最初で最後だから』と言い訳を繰り返して、その夜は夢見心地で何度も彼に抱かれた。


目が覚めた時、部屋はまだ薄暗かった。

ベッドサイドのデジタル時計を見ると、時刻は朝五時。

ふと自分の頭の下に敷かれた筋肉質の腕に気づき、ゆっくり顔を動かす。間近に端正な寝顔があって、思わず声を出しそうになった。

ひと晩明けて、夢ではなかったのだと改めて感じた。

昨夜のことは、ところどころ記憶が飛んでいる気がする。でも、私が彼に『一緒にいて』とお願いしたのは覚えている。それと、彼はバーでお酒を飲んでいた時だけでなく、ベッドの中でもやさしく受け止めてくれたことも。

隣で気持ちよさそうに眠っている彼を見て、きゅんとした。

自分があんなふうに大胆になれたのは、紛《まぎ》れもなくお酒の力だ。今はもうすっかり素《す》に戻っているのもあって、まともに話をするのも難しそう。恥ずかしいのと勘違いしそうなのとで……。

彼の伏せられている長い睫毛《まつげ》を数秒見つめ、戒《いまし》める。

彼を起こさぬように静かにベッドから起き、自分の衣服や荷物を目を凝《こ》らして探す。しかし、まだ暗くて在処《ありか》がわからない。彼が起きてしまうといけないから照明は点《つ》けられない。

どうしようか考えた末、スマートフォンのバックライトを駆使《くし》してどうにか見つけた。その後、そそくさと着替えをして、出口へ足を向けた際にはたと思い出す。

私、昨日のバーでの支払いをしていない。それに、このスイートルームは彼が選んだとはいえ、事の発端《ほったん》は私が誘ったことにあるのにこのまま帰るのはどうなの。だけど、持ち合わせはそんなに多くない。

頭の中でひとり押し問答する。ドア付近の間接照明をそっと点けて財布を出し、お札をすべて手に取った。あるのは現金一万二千円。

ほかになにか足しになるものはなかったかとバッグの中を探るも、財布はひとつだしギフトカードの類《たぐい》も持っていない。

情けない気持ちで小さくため息を零した直後、手帳に挟んであった写真が少し飛び出しているのに気づいて抜き取った。

これは私が撮影した、お気に入りの風景写真。故郷である北海道《ほっかいどう》の冬を撮った一枚で、夕陽が落ちる前の貴重な一瞬を写せたと思っている。

パソコンの故障で今はもうデータが残っていないこの写真は特別で、カメラから遠のいた生活を送っていても、ずっとお守りみたいに持ち歩いていた。

写真を数秒見つめる。私はお金と一緒に大切にしてきた写真を添えてルームキーの下に置き、そそくさと部屋を出た。

こんなふうに逃げるように立ち去るのはよくないとわかっている。でも、とにかく素面《しらふ》で彼とまともに顔を合わせる勇気が持てなかった。昨夜の大胆な自分が恥ずかしくて、彼に申し訳なくて。

エレベーターに乗り、ロビーを通過してエントランスをくぐるまでの間、ずっと俯いて歩いた。外に出た瞬間、ヒヤッとした空気に包まれ背中が丸まる。

私は足を止め、天に向かってそびえ立つ建物を振り返った。

夢から覚めた。さっきまでいた最上階の部屋が、どれだけ暖かかったか。一緒に過ごしてくれた彼がどんなにやさしかったか、改めて身に染みた。そして、夜の情事が脳裏《のうり》に蘇り、ふるふると頭を横に振って駅へ足を踏み出す。

クリスマスイブの夜にプランもなく彷徨《さまよ》い歩き、勢い任せにバーに入って見知らぬ男性に甘えるなんて、後にも先にも絶対にできないだろうし、するつもりもない。

他人に話せば呆れられる出来事だったかもしれない。それでも私にとっては、意味のある出来事だった。

上京してからずっと、堅実に生きてきたんだもの。一度くらい、若気の至りの冒険を経験してみてもいいよね？　夢を追いかける冒険ができなかった分、そのくらい。

心の中で必死に自分の行動を肯定していたら、駅にたどりついていた。

改札を通ってホームで電車を待っている間、口元をマフラーで隠してこっそり苦笑いを零す。

若気の至りといっても、二十九歳が果たしてその括《くく》りに入るかはわからないけれど。

数分後。私はアパート《現実》へ戻る電車に乗り込み、車窓から朝焼けを眺めていた。

2. リスタート

年末にアパートを引き払い、実家に戻ってきて早十日。

ここは、北海道札幌《さっぽろ》市。私が生まれ育った場所だ。

クリスマス以降、私はすぐに荷造りをし、退去の準備を進めた。皮肉にも、ひとり暮らしのうえ金銭的に余裕もない生活を送っていたのが幸いして、荷造りは二日もあれば終わってしまった。冷蔵庫や洗濯機などは、近所のリサイクルショップに相談して引き取ってもらった。

東京へ引っ越す時には、あれやこれやと買い揃《そろ》えたり、なにより住む場所を探したりとすごく大変だったのを覚えている。なのに、実家へ戻るとなったら信じられないほど簡単に済むんだから、驚きを通り越して笑ってしまった。

三が日も過ぎ、人出もすっかり戻っている。そんな雑踏の中、私はひとり駅前で佇んでいた。

休日だからか、行き交う人たちはどことなく楽しそうな雰囲気だ。家族づれもちらほら見られる。そういう光景を眺め、ふと数日前のことを思い出した。

年末年始で、結婚して家庭を持った姉や兄が実家へそれぞれ一泊ずつ入れ替わりでやってきていた。ほとんど顔を合わせたことのない甥《おい》っ子と姪《めい》っ子は、可愛いなとは思うものの接し方もわからなくて戸惑いの方が大きかった。子どもたちも、私の両親には定期的に会っているためか懐いていて、なんだか私だけが家族の新しい形に順応しきれずにいた気がする。

私が使っていた部屋も、今ではすっかり様変《さまが》わりして母の趣味部屋となっていて、月日の流れを感じた。

実家ではあるけれど、自分の居場所はもうそこにはない。それを痛感し、同時に一日も早く現状から抜け出さなければと焦燥して、無意識にため息を零した。

東京での暮らしをあきらめ、地元に戻ってきた。このまま親のお世話になるつもりは毛頭《もうとう》ない。とはいえ、仕事を見つけるまではどうしても甘えるしかない。

なにかを見つけなければ。心の空虚を埋めるなにかを。

空を仰《あお》げば、真っ白な空から落ちてくる無数の雪。ポケットに手を入れて歩く人たち。横断歩道の信号の音。

ずっと前から変わらないものは確かにあるのに、それが無性《むしょう》に切なくなる。

雪が頬に落ちて溶けるのを感じながら、白い息を吐く。ゆらりと浮かんで消えるのを見ていたら、横から視線を感じて顔を戻した。

瞬間、信じられない光景に絶句し、目を剥《む》いた。

「ビンゴ！　俺、今年の運勢いいのかも」

こちらに向かって弾ける笑顔でそう言ったのは、クリスマスイブの彼だった。

「な……っ、……ど、ど、どうして！」

あまりに大きな衝撃で言葉もままならない。見間違いか、もしくは人違いではないかという考えが頭を過《よぎ》った。なぜなら、彼がイブの日と少し違って感じられたから。

今日はスーツではなく、私服姿。暖かそうな黒のダウンジャケットに、ワンウォッシュの細身のジーンズを綺麗に穿《は》きこなしている。足元はスムースレザーのブーツ。カジュアルかつ北海道仕様なのだろう。でも、それもまたよく似合っている。

しかし、前回と違うのは外見だけではなく雰囲気もだ。

あの時はとても落ち着いていて、笑顔や仕草すべてがどこかアンニュイで、それもまた大人の魅力として目に映っていたのを覚えている。今、私の前にいる人は明るく爽やかな印象で……同い年のような身近な感じがするのだ。

失礼を承知で、まじまじと彼の顔を見る。

彼ほどのルックスのいい男性は、そうそう見かけない。紛れもなく〝奇跡の聖なる夜〟をともに過ごしてくれた彼本人なのだろう。

そう結論づけるものの、やはり気持ちがついていかない。

茫然と見つめるだけの私に対し、彼は勝気に口角を上げた。

「もしかしているかもとは思ったけど、まさか本当に見つけられるとはね。運がいいのを通り越して、今後の運使い果たしちゃったかもな」

「なぜ……ここに？」

もうそれしか言葉が出て来ない。

まさか私を追って……なんてことは絶対ないはず。あの日、私は自分の素性《すじょう》は一切明かさなかった。つまり、追いかける術《すべ》など皆無《かいむ》だったということ。

動揺している私に気を使ってか、彼はゆっくりとした口調で答える。

「仕事だよ。数か月前から東京と行き来してる。あ、今日は移動日でプライベート」

にわかに信じがたい。だって、出張先での偶然にしたって、東京でたまたま行きずりで出会っただけの人と約二週間後に今度は札幌で再会するなんて、そんな話。

起きてしまったことをうだうだと考え続けるのは生産性がない。ただ、なぜよりにもよって偶然の再会が彼なのかと嘆くのは止められない。

身の上話こそしなかったけれど、唯一弱みを見せた人。見ず知らずの人を相手に弱さを曝《さら》け出したのは、もう二度と会わないと確信していたからなのに。

気まずさに肩を竦《すく》めていたら、ズイと顔を近づけて言われる。

「あからさまだな。俺と再会して『気まずい』って顔に書いてある」

図星を突かれ、なにも返せない。

すべてを手放して地元に戻った私は、不甲斐なさから友人や知り合いの誰にも見つかりたくないと心の底で思っている。だから、たとえお互いの名前すら知らない間柄であっても、彼も例外ではないのだ。

「まあ、そうだよな。二度と会うことはないと思っていたんだろうから」

私が否定も肯定もせず黙って視線を落としていると、彼はさらに口を開いた。

「俺は久織春海《くおりはるうみ》。君の名前は？」

「……北守風花です」

流れ的に名乗らないわけにもいかず、小声で答える。すると彼はさっそく私の名を……それも、下の名前を呼んだ。

「風花。これからなにか用事ある？」

「特には……ありませんけれど」

取り繕《つくろ》う余裕もなかった。気まずさを抱えながら、すっかり冷えて感覚がなくなっているつま先を見る。次の瞬間、ポンと軽く背中を叩かれ、思わず顔を上げた。

「よし。じゃあ、昼食べに行くの付き合って」

「昼!? いや、私は」

「断る権利はないだろ? 俺あの日の朝、風花がいなくなっててすごい傷ついい――」

「わーっ! わかりました! 行きます! ご一緒させてください!」

話を蒸し返されたくなくて、彼の言葉尻に被《かぶ》せ、勢いで承諾した。

お昼に付き合うと言っただけなのに、彼は満足げに目を細めていた。

本当、同一人物とは思えない。あの夜の彼は、落ち着いていて包容力もありそうな紳士的な人だった。でも今は、軽いノリでご飯に誘うところとか、この間よりも年齢が若めな印象……。

脳内で再びプチパニックを起こしていると、駅前の工事現場に『久織建設』の文字を見つけた。

久織……? そういえばさっき、『久織』って自己紹介していた。もしやこの人、あの久織建設と関係があるんじゃないの?

久織建設とは、日本の総合建設業の中のトップ5に入るほどの大手企業。いわゆるスーパーゼネコンだ。もし彼がそこの関係者だとしたら、初めて出会ったのがあのハイクラスホテルのバーだったのも、身なりがいいのも頷ける。

彼の正体に近づいた気がして驚きを隠せない。

「ほら。寒いし、早く」

そんな私に構わず、彼はダウンジャケットのポケットに手を入れて先に歩き出す。私は問いかけるタイミングを失って、彼の背中を追った。

「どこへ行くんですか？」

「あとふたつ先の信号を左に曲がった先にあるラーメン屋。日曜でも、このくらいの時間ならそんなに並んでないはず」

「ああ！　有名なところですね。わ〜、私もあのお店は久しぶりだなあ」

懐かしいラーメン店の話題になった途端、俄然《がぜん》楽しみになって信号待ちで頬を緩《ゆる》める。すると、彼はこちらを振り返り一笑《いっしょう》する。

「目を丸くしたり、青褪《あおざ》めたり。そうかと思えば、そんなふうに無邪気に喜んだり、忙しいやつだな」

からかわれているとわかっていても、彼の自然体な笑顔に意識を引かれる。

ああ。今カメラを手にしてたなら、私は間違いなくファインダーを覗き、彼を追いかけてシャッターを切っていた。

あまり人物は撮らずにきたけれど、絶対に撮らないというこだわりがあるわけではない。心惹かれるもののほとんどが、物や風景だっただけ。

これまで自分が気に入ったものを撮るスタンスで来た。だから、見惚《みほ》れてしまうほどの彼の笑顔を前にしたら、食指《しょくし》が動いて当然だ。彼を観察しているとほかになにも見えなくなって、気温マイナス三度の寒さなど感じもしない。

「あの店は、札幌出張の二回に一度は食べに行くんだ。こんなに美味しいものを、すぐに食べられる環境で過ごす風花が羨《うらや》ましい」

「距離が近いと、逆にそう頻繁には食べないものですよ」

そんな会話を交わしているうちにお店に到着する。

暖簾《のれん》がかかった入り口前には五人の先客が並んでいる。私たちは最後尾につき、約十五分後に店内に案内された。

ボックスシートに向かい合って座る。脱いだ上着を軽く畳んで横に置く彼をちらりと見た。イブの日に過ごした場所とはまったく違うせいか、彼とふたりで札幌のラーメン屋さんにいることに違和感を抱く。

「風花はなににする？」

「私は塩です」

「へえ。札幌だし、ここのメニューにも一番人気って書いてるから俺はいつも味噌《みそ》を頼むけど、塩も美味しいの？」

「美味しいですよ。でも辛いものが得意なら味噌も美味しいんだと思います。ここのお店の味噌は、残念ながら私にとってはちょっと辛すぎて」

「なるほどね」

ちょうど会話が途切れたところに、店員さんがお水を持って注文を取りに来た。

彼は慣れた感じで注文をすると、ご機嫌そうにグラスを手に取り口に運ぶ。私はそんな彼を眺めつつ、ふと視野を広げる。彼が脱いだダウンジャケットに、有名ブランドの小さなワッペンがついているのに気がついた。途端にさっき感じていた違和感が大きくなる。

「ミスマッチですね」

「なにが？」

「その……久織さんが。俳優さんやモデルの方と比べても遜色《そんしょく》ない容姿なので、頻繁にラーメン屋さんに通うような雰囲気じゃない気がして。どちらかというと、先日お会いしたバーとか、そっちのイメージが合うなあと」

彼は特段大きな反応も見せず、こちらの言葉を静かに受け止めてもう一度お水を飲んだ。私はそんな些細《ささい》な動作ですらも、なぜか目が離せずにいた。

彼の視線を追いかけ、ぶつかった瞬間口を開く。

「もしかして、なんですけど。久織さんって、あの久織建設と関わりがあったり？」

私の質問に彼は一度目を大きく開いたあと、ニッと白い歯を見せた。

「初めて俺に対して興味を示したな」

鋭く返されたひとことに、あたふたする。

彼に興味が一切なかったわけではない。あの日は正直心に余裕がなくて、自分のことだけでいっぱいいっぱいだったから。

「あの夜、風花は俺の仕事どころか、名前すら聞いてこなかっただろ」

「それは……」

「そうばつが悪い顔しなくてもいい。今だから言うけれど、そういう君だったからこそ興味が湧《わ》いた」

想定外の返答に目を白黒させる。

「俺個人に関心を持たず探らず、むしろ逃げ去るんだからな。初めての経験だった」

私の態度が彼の矜持《きょうじ》に傷をつけてしまったのだろうか。

内心動揺して言葉を探していると、久織さんがさらりと言う。

「そう。俺の家は久織建設の経営をしている。でも俺自身は今、久織グループにはいない。縁があって『大迫《おおさこ》リゾート』を任されているんだ」

そっちの企業名もよく見聞きする。昔から今現在も頻繁にテレビコマーシャルで流れているし、大迫リゾートの親会社が管理する店舗も北海道にも多くある。

「久織と大迫は特にここ数年で親交が深くなってね。俺がリゾート事業に興味を持っているって知った大迫のグループ代表から直々《じきじき》に声をかけてもらったんだ」

グループのトップから直々に？　あれ？　待って。さっき、久織さん『大迫リゾートを任されている』って言ってた？　それって、かなり重要な立場にいるということなんじゃ……。

頭の中でいろいろと考えを巡らせる。すると、彼は私をまっすぐ見て続ける。

「ちなみに、ラーメン屋にいるのが似合わないと誰かに言われようがなにしようが、俺はここに来るのをやめないよ」

口角は僅かに上がっている。しかし、目は笑っていないように見えた。

「ご、ごめんなさい。こういう雰囲気のお店が似合わないというわけではなく、どちらかと言えば、あの素敵なバーがピッタリ来るなあっていう勝手な私の感想で……。決して批判する意図はありません」

低くした姿勢を保ったまま、さらにぽつぽつと言葉を繋げる。

「私も……周りに左右されず、自分が行きたいところへ行くのが一番いいってわかってはいるんですが、なかなか勇気が出なくて……。だから、堂々としている久織さんに憧れます」

『あなたにここは合わないよ』と、直接誰かに宣告されたわけでもないのに、私は夢を置いて東京から逃げてきた。彼はそういう私とは違い、きっとどんな状況にも言葉にも惑わされず、自身の考えを通せる人なのだろう。そんな彼が心底羨ましい。

自分の心が弱っている時は、決まって他人が羨ましくなる。でも僻《ひが》むまではしたくないといつも思い留まって、重苦しい羨望の感情を相手への尊敬や自分の目標に変換し、気持ちを切り替えている。

「春海」

すると、突然彼が自身の名前を口にした。私は反射的に顔を上げ、きょとんとする。

「あまり名字で呼ばれるのは好きじゃないんだ。名前で呼んでほしい」

名前で？　年齢もわからないし、二回しか会っていない相手に対し、簡単には受け入れられない要望だ。けれど真剣な表情を前に断るのも憚《はばか》られ、渋々頷いた。

「わかりました。……春海さん」

たどたどしく彼の名を呼ぶと、春海さんは満足そうに目を細めていた。

「ところで今、勇気が出ないって言ってたけど、あの日は勇気を出せたからあのバーにいたんだろう？　違う？」

彼の指摘にはたとして、思わず片手を顎《あご》に添えた。

「言われてみたら、そうですね」

自分を奮《ふる》い立たせ、普段なら怖気《おじけ》づくような場所へ足を踏み入れたのも彼に一方的なお願いをしたのも、彼と過ごしたあの日だけ――。

「じゃ、風花の勇気のおかげで俺は君に出会えたわけだ」

正面の春海さんが屈託《くったく》なく笑った。ドキッとしたところに、注文していたラーメンがふたつ運ばれてきた。

ラーメンは昔と変わらず美味しそう。私は髪を結って手を合わせる。お互いに「いただきます」と言った。麺《めん》を箸で持ち上げて、立ち上る湯気を掻き消すように息をかけ、口に運ぶ。

「美味しい」

ぽつりと零すと、彼は「ああ」と返すのみで、黙々とラーメンを啜《すす》る。食べているのがラーメンにもかかわらず、品のある食事のとり方に意識を奪われた。

箸の持ち方や使い方が、お手本通りに美しいから？　あとは背を丸めたりせず、姿勢が綺麗だからかもしれない。

彼は思えばいつでも背筋が伸びていて、まるで自信にあふれているように堂々とした佇まいだ。まっすぐ前を向いて、魅力を振りまいて……。

懐かしいラーメンの匂いや味への感動より、春海さんの眩しさに圧倒された。

約二十分後。ラーメンですっかり身体が温まり、私たちは外に出た。その直後、春海さんが言う。

「俺が誘ったんだから、ごちそうしたのに」

「いえ。そういうのは自分を甘やかすことになるので」

「この程度で？」

「一度いい思いをしたら、また次もあるかもって心のどこかで期待してしまうかもしれないじゃないですか。ずるずると甘えが生じそうだなあと。……って、あの日の宿泊代をうやむやにした私が言うことじゃありませんね」

彼と向かい合ってラーメンを啜っている間、考えていた。

イブの日、私なりにあの時の精いっぱいを支払った。でも、足りていなかったのは明らかだし、逃げたのもよくなかった。

実はあれから、ふとした瞬間に思い出しては罪悪感に駆られていた。しかし、彼とは会う予定も手立てもない。さらに正直に言ってしまえば、金銭的な事情云々《うんぬん》よりも、勢いで身体を重ねてしまった羞恥心の方が勝っていた。それを旅の恥は掻き捨てと、自分に都合のいいように言い訳してやり過ごしていたのだ。

全面的に自分が悪い。私が誘ったのはちゃんと覚えているのだから。

自ら彼を探し出して会いに行く選択肢はなかったけれど、現実として再会してしまった。そのうえ、どういう流れかお昼まで一緒に食べた。

それならいっそ、恥など脱ぎ捨ててしまおう。

地元へ帰ってきた瞬間から、これまでの自分に別れを告げて新たなスタートを切るのだと強く心に思っていた。だから、過去に区切りをつけるためにも気になっていることは解決した方がいい。

「今からでも、あの時の代金を払わせていただけませんか？」

喉《のど》の奥から頑張って声を絞り出した。でも、視線は彼の喉元までしか上げられない。

するとし、彼の唇がおもむろに動く。

「三十万」

「え？　さっ……？」

い、今、三十万って言った？　嘘。あのひと晩で……？

聞き間違いかと大きく動揺していると、春海さんは変わらず穏やかな口調で答える。

「宿泊代は三十万円。ほら。あの日はイブだったしスイートだったし」

あまりの高額料金に思わず言葉を失う。

だけど、彼の説明は納得のいくものだ。あのホテルは汐留付近ではトップレベルのホテルだし、イベント日は大抵どこも値段設定は上がる。年末ならなおさら。

あまりに視野が狭く無知だった自分に茫然とする。同時に、あの日残してきたお金なんか雀の涙ほどで、申し訳ないやら恥ずかしいやらで顔を上げられない。

もしかして彼ほどの立場なら、その程度の金額を出すのは容易なのかもしれない。けれども、それはまた別の話。本来あのままうやむやにしてはいけないことだ。

「ごめんなさい。分割でもいいですか。仕事が決まったらすぐ振り込みます。ええと、連絡先を……」

私はバッグを開いて中からスマートフォンを探り出す。ディスプレイに人差し指を置いた時、彼に矢継ぎ早に尋ねられる。

「仕事を探してるのか。どっちで？　東京？　札幌？　家はどうしてるんだ？」

「こっちで再就職を考えています。だから、とりあえず今は実家にいて」

「ってことは、もう東京の家は引き払ってこっちへ？」

「はい。でも実家の私の部屋はとっくに母のものになっているし、自分の歳も歳だし、早く自活しなきゃとは思っているんですが、なかなか」

年末年始も、家族団欒《だんらん》もそこそこに情報誌やインターネット、アプリなどで求人情報を眺めていた。しかし、気は急《せ》いていても、パッと目についただけの適当なところを選ぶわけにはいかない。年齢的にもこれが最後の就職活動だと思って探しているため決めきれず、企業への電話すらまだ一度もかけていなかった。

実家にいても不安に押しつぶされそうで、今日はハローワークにでもと出向いたのに閉庁《へいちょう》していた。日曜日だからだ。

そして私はその足で駅前まで移動し、ぼーっと立ち呆《ほう》けていたのだ。

「自分の居場所を早く作らなきゃ……」

最後の呟きは、完全にひとりごとだった。

多くの人に雪を踏み固められた地面に視線を落とす。やり場のない思いを抱えていると、春海さんが口を開いた。

「なるほど。その問題、もしかしたら解決するかも」

「え？」

「とりあえず気休めに短期アルバイトっていうのはどう？」

「短期、アルバイト？」

訝《いぶか》しく思い、警戒心丸出しで返した。それでも春海さんは表情を変えず、にこやかに答える。

「そう。ニセコにある別荘の冬季中の管理。管理人を探している物件は、住み込みオーケー。君の希望条件とマッチしてるだろ？　まずは実家を出てリスタート。だけど場所は希望通り地元・北海道。悪くない話だと思うけど？」

「いや、でも。ちょっと待ってください。急すぎて」

降って湧いたような話に戸惑いを隠せない。

確かに住み込みなら、家探しの負担はなくなるんだけど、アルバイトだと収入面も心配だし、冬季中っていうことは春になったらすぐにまた振り出しに戻るよね。だったら、この話を受けるのは必ずしも得策ではないはず。

遠慮しようと顔を上げた瞬間、狙っていたかのごとく彼が先に言った。

「勤務は週四日前後、日給二万でどう？」

「日給二万円……？」

悲しいかな、決して貯蓄に余裕があるとは言えなくて、すぐに頭の中で計算してしまった。単純計算で、一か月に三十万くらい稼《かせ》げる。ものすごく魅力的な条件だ。

「住み込みの間は別荘の客間で寝泊まりしてもらうから、家賃はなし。キッチン・バストイレも使っていい。水道光熱費も不要」

しかも、家賃・水道光熱費不要⁉　信じられない！

好条件に気持ちが浮上しかけた。が、世の中そんなにうまい話があるわけない。

いろいろと勘繰《かんぐ》りつつ、彼の言動に偽《いつわ》りがないか見極めるため、春海さんをジッと観察した。

彼は私の視線などものともせず、のびのびと自信たっぷりに話をする。

「周りにあるのはほとんど山や木だし、雪も深くて大変だ。でも、北海道で生まれ育っているなら知っているだろう？　あそこのロケーションは最高だ」

そう。それは私も知っている。

夏のニセコは心が安らぐ多くの緑と、絵の具を溶かし込んだような青の空が広がって、開放感あふれるいい景色。だけどそれ以上に、冬がまた素晴らしい。

空も山も大地も雪で白色に染まる。一見面白みのない淡白な画にも思われそうだが、よくよく観察すると雪がキラキラ光っていて、とても綺麗なのだ。地平線が望めるスポットに行けば、眼前に広がる雪の絨毯《じゅうたん》に圧倒される。

そこまでわかっているのに、専門学校を卒業してからはまったく足を延ばさなかった。時間もお金もないというのを理由に、もうずっと訪れていない。

学生時代にカメラを持って行っていた時のことを思い出していると、春海さんがさりげなく付け加える。

「写真を撮るにはいいところだと思うけど」

心の中を見透《みす》かされているのかと思った。

彼は驚いて固まる私に、スマートフォンの画面を見せてきた。それは見覚えのあるSNSページ。昔、私が登録し、今では休業状態のアカウントだ。

スマートフォンの画面を食い入るように見ていたら、彼が言う。

「なぜ俺が北海道《ここ》に風花がいるのに驚かなかったか——理由を聞かなかったのか、疑問じゃなかった？」

そのひとことに、ハッとした。

春海さんの言う通りだ。二度と会うことはないはずだと思っていた彼に遭遇《そうぐう》して動揺し、気まずさで頭がいっぱいになっていて気づかなかった。

思い返せば、確かに私に声をかけてきた春海さんは、私みたいに『どうしてここに』といったことは口にしなかった。あたかも、私がここにいるのが当然であるかのように振る舞っていた。

春海さんは長い人差し指をスイスイ動かし、今はまったく使用していない私の投稿内容から、ひとつの画像を表示させた。

「風花の置き土産。これでどうにかヒントを得たってわけ」

それは、クリスマスの早朝に現金と一緒に添えた写真の画像。

「あの写真一枚で……まさかそんな」

驚愕《きょうがく》していると、彼は得意げな顔を見せる。

「画像を検索エンジンにかけたら、まったく同じ画像を掲載《けいさい》していたこのアカウントに行きついた。で、プロフィールには《札幌在住》と記載されている」

「あっ」

あのアカウントを登録したのは学生の頃だったから、当然プロフィールも札幌だ。

「更新はもうだいぶ前に止まったきり。それまでにアップしていた画像を見たら、ほとんど北海道の風景だった。だから、これがもし風花のアカウントだったとしたら、以前こっちで生活をしていたんだろうなと思った」

春海さんの機転と行動力、推察力に脱帽《だつぼう》する。

彼の話を聞いても、まだにわかに信じがたい。けれど彼は再会した際、『まさか本当に見つけられるとはね』と言っていた。

「まあ、そこまで予想したところで札幌も広い。なにより、東京にいた風花がこっちにいる可能性は限りなく低いと考えていた。だから今日、駅前で君を見つけた瞬間、驚いたよ。奇跡が起きたって」

彼は私との再会に喜んで無邪気に笑ってみせたが、私はとある考えが頭を過り、背筋が凍った。

そこまでして私の所在を追う理由って、ひとつだ。

宿泊費用三十万にバーの分プラスアルファの金額のうち、たった一万二千円しか残さずに消えた。彼が怒るのも至極《しごく》真っ当。お金を請求するために私の行方を追ってきたと考えるのが妥当だし、なんなら罵声《ばせい》のひとつでも浴びせたい気持ちだってあったかもしれない。

それにもかかわらず、会ってすぐ恨み節も言わずにいてくれたのは、彼の人間力の高さにほかならないだろう。

申し訳ない気持ちでいっぱいになり、深くお辞儀をした。

「本当に、あの日のことはすみませんでした。決していたずらとか騙《だま》すとかいう気持ちではなかったんです。なんていうか……現実に居た堪れなくなってつい……」

説明しながら改めて身勝手な言い訳だと気づき、頭を上げられない。手にしていたスマートフォンをぎゅうっと握りしめ、声を絞り出す。

「時間はかかりますが、あの日の費用は必ずきちんとお返しします。ですから、どうか怒りを収めていただけませんか」

彼から返答がなく、沈黙が怖くなって思わず目を瞑った。それから数秒後、激昂《げっこう》するでも皮肉めくでもなく、春海さんは落ち着いた声音で言う。

「だったら、さっきの答えはもう決まったな」

嫌な予感がして咄嗟に姿勢を戻すと、彼は満面の笑みを浮かべていた。

「住み込みで別荘の管理の件。助かるよ。春までよろしく」

「えっ。ちょっ、それはまた別の話じゃ」

「なら、今すぐ全額払う？」

「ぜ、全額を一度には」

たじろぐと、今度は物悲しそうに視線を流して小声で呟かれる。

「次の日の朝、現金とこれだけ置いて忽然《こつぜん》といなくなってて傷ついたなあ。クリスマスの朝に、ひとりあの広すぎる部屋に置いてけぼりで」

彼の言葉を聞き、その光景を頭の中に浮かべていっそう罪悪感が大きくなる。

なにも返せずおろおろしていると、彼は打って変わって力強い瞳でずいと顔を近づけてきた。

「飛び込んだ先に、案外自分が探し求めているものやヒントがあるかもしれないよ」

イブの夜の彼は、月のように静かだけれども心を惹きつけられる、そんな魅力をどこか感じた。そして今日は太陽みたいに熱く眩しい印象を受け、その二面性にどぎまぎさせられる。

「アルバイトをしている間に、春からの勤め先をゆっくり探せばいい。なんなら俺が春からの勤務先を斡旋《あっせん》するという手もある」

彼の不思議な引力に逆らえず、ぽつりと返す。

「いえ。さすがにそこまではご迷惑おかけできません」

「〝そこまでは〟っていうことは、つまり？」

春海さんは、私から明確な言葉を引き出そうと質問で返してくる。

私は再度頭を下げ、はっきり告げた。

「ありがたく、その短期アルバイトの話をお受けいたします」

半ば強制的な誘いには違いなかったけれど、無職の私にとってはありがたい話。短期間でも収入を得られる。同時に、彼が言った通り、もしかするとこの道の先に新しい出会いがあるかもしれないと感化された。

私は彼の言葉と自分の直感を信じ、一歩踏み出す決心をしたのだった。


あれから二日。

『思いきった決断をしてしまったかも』と、後悔の気持ちが顔を覗かせていた。

住み込みで光熱費も不要と言われたら、そりゃあ魅力的な話。

給料も、単純計算で週四働いたら一か月で約三十万。食費や通信費など細々かかるものがあるから一回で返済は叶わないけれど、うまくいけば二か月でスイートルーム代を返せるかもしれない。

なによりもまず条件がいい、と前向きに受けた仕事だった。でも、よくよく考えれば、それ相応の過酷《かこく》な業務が待っていると気がついたのだ。

日曜の別れ際に連絡先を交換した春海さんは、そのあとメッセージで仕事内容をざっくり教えてくれた。

その内容とは、別荘の清掃や出来うる範囲での改修など。なにより重要なのは、この季節、かけどもかけども積もり続ける雪の管理だ。

ニセコ付近の降雪量は札幌市の約二倍近く、道内でも降雪量ランキングで五位以内に入ることが多い地域。毎年ひと冬で十メートル前後の積雪が記録されている。

そんなところの除雪作業なんて、想像するだけで全身が筋肉痛になってしまう。春海さんからのメッセージ内容では、管理人は一棟にひとりみたいなニュアンスで話していた気がする。数人ならまだしも、最悪自分ひとりで……となると、朝から晩まで雪と格闘するのが主な仕事となりそう。

ぞくっと背中が震える。寒さが理由じゃなく、今日これから向かう仕事場を想像して震えたのだ。

体力はもつだろうか。もう長いこと東京暮らしだった。久々に今回こっちへ戻って来たけれど、実家の玄関前の除雪で腕がプルプル震えていたっていうのに。

ううん。でも、新しい場所へ踏み出して挑戦すること自体に意義がある。現状私にはもう失うものはなにもないのだから、当たって砕けろの精神でぶつかってしまえ。

札幌駅北口で開き直っていたところに、目の前に黒のSUV車がウインカーを出して路肩に寄り、停車してハザードランプを点けた。運転席には春海さんが乗っている。

助手席のウインドウがゆっくり下がり、彼はこちらを見上げて言った。

「おはよう。乗って」

「おはようございます。失礼します」

ドアを開け、助手席のシートに腰を下ろす。これまで乗ったことのある車のシートとは違う心地のよさに驚きつつ、まずはシートベルトをしめた。

この車種は、国産ブランドの中でもかなり上のランクだったはず。外観もさることながら、アクセントカラーなどで遊び心を取り入れつつもシックで高級感がある内装も素敵だ。だけど、この車って……。

「春海さんって東京住まいですよね。じゃあ、この車はレンタカーですか？」

春海さんは、ナビゲーションシステムを操作しながら答える。

「いや。数日じゃ足りないから大抵リース。今回もね」

「リースでこんな高級車も貸し出ししているんですね。知らなかったな」

「冬だし、安定して乗れるスペックの車が安心だろ？」

なるほど。確かにこういったSUV車は雪道に強いらしいものね。

「その、春海さん雪道の運転は……」

彼はおそらく東京育ちではないかと思う。だって、この間ラーメン屋さんに行く前に『こんなに美味しいものを、昔からすぐに食べられる環境にいた風花が羨ましい』と言っていた。久織建設も本社は東京のはずだし。となれば、当然いろいろと不慣れなことがあるのでは……。

するとと、彼は「ははっ」と楽しそうに声をあげた。

「あからさまに不信感を出してるな。まあ気持ちは理解できるけど。雪道の運転はそれなりに経験がある。ここ数年は数か月単位でこっちに来ているから。冬だろうと夏だろうと安全運転するだけ。天気予報もちゃんと事前に確認しているよ」

「そ、そうですか。すみません、つい気になってしまって」

「へえ。普段はわりと慎重なんだ」

「え？」

「いや。なんでも。出発するよ」

そして、三時間ほどかけて到着したのは白銀の世界。

北海道に生まれ育っていても、こういった真っ白な地平線を見られる機会はそうない。元々ウインタースポーツに特別興味を持っていなかったせいもある。けれどもカメラに没頭《ぼっとう》してからは、写真目的でいろいろな場所を巡った。

今、瞳に映っている景色も、まったく同じではなかったものの、似たような風景をファインダー越しにいくつも見てきた。

窓の向こうに広がる雪景色を眺め、学生時代の淡い思い出に複雑な心境に陥っていたら、ふいに車がガタガタと揺れて我に返る。大きな道から外れ、辛うじて車一台通れる脇道に入り始めたのを見て、目的地が近くなってきたのだろうと察した。

さらに約五分走り続けると、木々の奥に大きな三角屋根の別荘が見えてきた。

春海さんは別荘の敷地内に少し入ったところで車を停止し、フロントガラスの向こう側を眺めて苦笑した。

「道路は除雪が入ってくれているけど、今回誰にも任せずここ十日くらい別荘を空けていたから、敷地内の雪の量がすごいな」

苦笑交じりにぼやいてしまうのもわかる。ここは別荘というだけあり、敷地が広く玄関アプローチが長い。当然、冬はその距離を除雪しなければならないのだ。

パッと見たところ、ここから玄関先までは約二、三十メートル。これは序盤からなかなか骨が折れる。

「ああ~。これは玄関まで雪を漕《こ》いで行かなきゃですね」

真面目にそう答えたら、春海さんがきょとんとした顔でこちらを見る。

「雪を漕ぐって面白い表現だな」

くすくす笑われて、なんだかちょっと恥ずかしくなった。

「こ、こっちではわりとよくある言い回しかと……あっ！」

視線を泳がせた流れで下を向き、あることに気づく。

「どうした？」

「失敗しました……。私、ちゃんとしたスノーブーツじゃない」

青褪めて答えた私の足元は、ブラウンのカジュアルショートブーツ。

あれだけ別荘管理の仕事について考えていて、雪が一番大変そうというところまで読んでいたのに、靴のことは完全に頭から抜け落ちていた。

まだ雨用の長靴の方が丈《たけ》もあるし役立っただろうに、引っ越しの際にもう古いからって処分してしまった。まあ、仮に処分してなかったとしても、今から実家に戻るよりも最寄《もよ》りのお店に買いに行った方が早い。

がっくりと項垂《うなだ》れていたら、春海さんがシートベルトを外し、急に身体をこちらに向ける。私は距離感に驚き、思わず仰《の》け反《ぞ》った。

「それなら大丈夫。スノーブーツは昨日念のため用意しておいたから」

彼は後部座席へ手を伸ばすために動いただけだったらしい。変な意識をした自分が恥ずかしすぎる。

「ありがとうございます」

受け取った靴は、有名な海外のフットウェアブランドのものだった。高価なだけに、素材も質もデザインもいいというものだ。

恐縮するも今はもうこれを履《は》く選択肢しかなく、おずおずと靴を履き替えた。

履いた直後にもうこの靴の温かさがわかる。ここのブランドのスノーブーツは、商品によっては零下三十度近くまで対応しているとなにかの記事で読んだ。

靴の性能にも驚かされたけれど、何気にすごいと思ったのはサイズだ。

「サイズぴったりです。すごいですね。私、見た目に反して足のサイズは大きめだよねって友達からもよく驚かれるのに」

身長百五十八センチの平均的な体格だけど、足のサイズは二十五センチと大きめだ。高校生の頃にはすでにそのサイズで、コンプレックスでもあった。さすがに今はもうどうしようもないことだとあきらめがついている。

足元をまじまじと見ながら感心していると、春海さんがさらりと言う。

「そりゃあね。あの夜、隅々まで――」

「わあっ！　な、なにを……っ！　か、からかうのはやめてくださいっ」

「俺は事実を述べてるだけ」

靴を履き替え終えた彼は、ふいに私の手首を掴み、グイッと引き寄せる。私が動揺して春海さんを凝視する間に、彼は手のひらを合わせ、指を絡ませた。

「ほら。手の大きさとか指の細さとか。あの夜、何度もこうして繋いだだろう?」

彼の指先がほんの僅か動いて撫でられると、危うく変な声を漏らしそうになり、懸命に唇を引き結んだ。

彼は繋いだままの私の右手を唇に近づける。彼の睫毛がおもむろに伏せられるのが視界に入り、鼓動が大きくなっていく。唇に触れそうになる直前、私はパッと手を引っ込めて、わざとらしく明るい声を出した。

「じ、ジョークはそれくらいにして早くしなきゃ! 冬はすぐに陽が暮れるから」

春海さんに背を向けて、ドアハンドルに手をかける。バクバクと騒ぐ心臓に急かされるように車から降りた。

な、なに? 今の雰囲気……。急にあんな色気全開で迫られたらパニックにもなる。視線の送り方や些細な指の運び方、全部が色っぽかった。私、あの人に何度も抱かれ……って、ダメ! 考えない、思い出さない! あれは、あくまで気持ちをリセットするため、『最後に』と冒険しただけ。翌朝、夢にしがみついていた過去の自分と、それまで抱えていたものすべてを手放すと決めていたし、実行した。新しい生活を送るのだと決意して実家にも戻ってきた。

きっと、彼も私に同情してくれただけ。お互いに特別な感情などないんだから。

熱くなっている顔に、冷たい風がちょうどいい。

ちょっと冷静になり、用意してくれていたスノーブーツに視線を落とした。

普通、行き当たりばったりで出会った相手のサイズなんて記憶しないと思う。〝普通〟なら。

突如、嫌な想像が浮かび、頭の中がそれでいっぱいになる。

写真のヒントがあったとはいえ、彼との再会は偶発的だと思っていたけれど……。

そこに、車のドアを開閉する音がして、ビクッと肩を揺らす。私はごくりとつばを飲んだ。

危険な目に遭《あ》わないよね……？　だけど、目の前の別荘が本当に彼の所有物なのかもわからない。もっと言えば、彼があの〝久織〟だって確認もきちんとしていない。

もし、詐欺《さぎ》まがいのなにかだったらどうしよう。ここは見渡す限り広大な大地があるだけで、民家も見当たらない。誰もいない。逃げたり助けを呼ぶのは困難だ。

あたりを見回している彼を、こっそりと一瞥する。

でも、彼の正体がどうあれ、私がこの人に三十万を使わせてしまったのは事実。そう考えたら逃げ出すわけにも……なんて、こんな時にまで真面目な思考が残っている自分に失笑《しっしょう》する。

「風花?」

春海さんが真横に立ち、私を呼ぶ。

追及すべきか否かギリギリまで迷った末、ゆっくり彼へと顔を向けて静かに尋ねる。

「あなたは……ほ、本物の久織さんなんですよね? ご実家はあの久織建設で……」

こんなシリアスな雰囲気ではなくて、軽い口調で聞けばよかった。

そう思ったところでもう遅い。あからさまに怪訝そうな態度を取ってしまった。

辛うじて彼と目を合わせているものの、本音は油断すればすぐにでも視線を逸《そ》らしそうだった。

彼は特段顔色も変えず、ただジッと見つめ返してくる。そして、上着のポケットから財布を取り出した。

「これが俺の免許証。名刺もある」

運転免許証と名刺を片手で持ってこちらに渡す。それを恐る恐る受け取った。

運転免許証の写真は紛れもなく春海さんだし、氏名もそう記載されている。多分、偽造でもないと思う。名刺も同様だ。

その時、初めて彼の肩書きを知った。

《大迫リゾート株式会社 取締役社長 久織 春海》

本当にひとつの会社と社員を〝任されている〟人なのだと思うと、手が震えそうになった。瞬間、彼が私の手からそれらを奪う。

「でも、こんなものじゃいくらでも疑えるよな」

彼は真剣な面持ちでそう呟き、運転免許証と名刺をしまう。それから今度はスマートフォンを取り出し、どこかへ電話をかけ始めた。

「もしもし。業務連絡だ」

春海さんの凛々《りり》しい雰囲気と会話の内容から、どうやら電話の相手は仕事関係の人だと予測する。

それはわかるものの、なぜ今このタイミングで仕事？　と疑問符ばかりが浮かぶ。

黙って彼の言動を観察していたら、ふいに一瞥された。

「北守風花という女性から連絡があれば、代表からそのままこっちに転送するように通達してくれ」

は？　わ、私？　連絡って、どういうこと？

自分の名前を出されて困惑している間に、彼はあっさり通話を切った。

唖然《あぜん》として彼に問いかける。

「あの、今のっていったい」

「風花、スマホはあるよな？　それで大迫リゾート本社を検索して」

「え？　は、はい」

質問をスルーして淡々と指示を出され、首を傾げながらも言われた通りにした。

インターネットで検索すると、トップに大迫リゾート株式会社のホームページが出てきたので、タップする。

「電話かけて、俺を呼び出して」

「は、はい？」

春海さんが急に私のスマートフォンを覗き込むものだから、再び距離が近くなってどぎまぎする。でも、そんなことで意識しているのは私だけ。春海さんは、さっきからずっと落ち着いた様子だ。

「社長の久織を、と電話して」

「あの、春海さん。これってどういう」

「それで風花の電話が、ちゃんと〝ここ〟に繋がれば信じられるだろ？」

彼はさっき通話に使用していた自分のスマートフォンを私に見せながら言った。

この一連のやりとりは、私の不安を取り除くためだけに？

春海さんに「早く」と急かされ、私はホームページに記載されている《代表》の文字の横にある番号に人差し指を置いた。よくわからない緊張感を抱きつつ、《発信する》を選択する。一コール目のうちに電話が繋がった。

『はい。大迫リゾート株式会社でございます』

春海さんの視線を間近に感じて緊張する中、冷静を装って問い合わせる。

「す、すみません。あの、御社《おんしゃ》の……久織社長にお繋ぎいただきたいのですが。わたくし、北守と申します」

『大変失礼ですが、下のお名前も頂戴《ちょうだい》してよろしいでしょうか』

「あ、風花と言います。北守風花です」

『北守風花様ですね。ただいまお繋ぎいたします。このままお待ちくださいませ』

上品な声のあと、穏やかなメロディーの保留音が流れてくる。

その数秒後。隣に立っている春海さんの手にあるスマートフォンが音を鳴らし始めた。私は自分のスマートフォンを耳に当てたまま、彼を凝視する。

春海さんはスマートフォンのディスプレイを見て、軽くスワイプして応答した。

『はい。久織です』

彼の声が、目の前とスマートフォンのスピーカーからと、二重になって届く。

彼の指示の途中から、結果はある程度予測していた。それでもやっぱり、本当に今通話が繋がっている相手は有名な大企業のトップなのだと突きつけられ、言葉もない。

「これで疑いは晴れた？」

春海さんは柔らかな表情で言って、スマートフォンを耳から外した。私も無意識にスマートフォンを下ろし、彼を見上げる。

「すみませんでした。私、すごく失礼なことを」

「いや。俺も配慮が足らなくて悪かった。さあて、この雪をどうにかするか」

彼はスマートフォンをポケットにしまい、見渡す限り一面の雪を見回しながら呟いた。私もあたりを眺め、敷地の広さと雪の量を再確認して気合いを入れ直す。

「はい。協力して頑張りましょう」

軽くガッツポーズを取った直後、視線がぶつかる。彼はすぐにふいと顔を背《そむ》けた。

「あー、風花はあんまり無理しなくていいから。軽めの雪があったらそこ優先して。腰とか……手とか痛めたら困る」

そう言い残し、ふくらはぎまで積もっている積雪の中を歩いていく彼の後ろ姿を私は見つめた。

彼は本当に久織家の人間で、大迫リゾートの代表なんだ。

素性を明かす方法を瞬時に考え、すぐさま実行する行動力にも納得がいった。

これまで自分の勤務先の社長ですら直接会って話したこともないのに、国内外で有名な企業の偉い人と、これから除雪作業をしようとしているなんて。

ぼーっとしていると春海さんとの距離がどんどん開いていて、慌てて追いかけた。

私がどうにか建物までたどりついた時、彼は建物の隣のガレージから除雪機を出しているところだった。手間取ることなく操作を始める彼の動きに違和感を覚えた。

すると、春海さんが私の視線に気づく。

「なに？」

「あ、いや。随分と慣れてらっしゃるんだなと思って」

「最近ようやくね。これを動かすよりも、雪道を歩くのに慣れる方が大変だった」

「あー、よく聞きますね。雪の降らない地域で育った人は冬道の歩き方のコツを掴むのが難しいって」

ガレージ内に入った私は、笑って返しながらサッとコートを脱いだ。

「え？　なんで脱いでるわけ？」

「え？　だって今日は最高気温三度でわりと暖かいし、除雪すると暑くなるので。家族やご近所さんもこんな感じですよ」

除雪作業は、十五分も過ぎれば身体が熱くなって汗をかく。だから、初めから一枚脱いで作業を始めたりする。特にここは広いし、かなりの運動量になるだろうと推測できるから、ガレージ内にコートを置いておこうと思った。

私の説明を聞いた春海さんは、目をぱちくりさせる。

「マジ？　まあ言われたらかなり動くもんな。けど、今はこれで道作るだけでいいかなと思ってたんだ。だから、風花は先に家に入ってていい」

「いいえ。除雪作業は極力ふたり以上いた方が安全面でいいんです。なにかあった時にすぐ気づけますから。というわけで、私は機械の入れなさそうな家回りの狭い箇所から玄関までの階段を綺麗にしますね」

「ははっ、さすが。頼りになるな。ただ、くれぐれも無理はするなよ」

春海さんはそう言って、新雪に負けず劣らずの眩しい笑顔を見せた。


その後、三十分ほどで除雪作業を終わりにした。というのも、完璧を求めるには敷地がやっぱり広すぎるのだ。

車が入れる道は春海さんが機械で作ってくれたし、建物への動線も最終的にはふたりで綺麗にしたし、とりあえず今はこの辺で、と切り上げた。

私は手袋と一緒に右手のサポーターも外してポケットに突っ込んだ。

「はー。暑い。こっちで生活している人たちは、雪が積もると毎回こんな重労働をこなしているんだな」

春海さんは小脇に上着を持ち、片手で顔を扇ぐ。それを見て、ハッと思い出した。

ガレージ横の雪の中からペットボトルを持ってきて差し出す。

「よかったら、どうぞ」

「ありがとう。これ、まさか雪で冷やしてたのか？」

「そうです。冷蔵庫より冷えますよ。外が寒くても、除雪作業のあとは冷たいものが飲みたくなりますよね」

春海さんはその場でキャップを開け、ペットボトルに口をつけるとクイッと上を向いて喉を上下させた。

「本当だ。冷えててめちゃくちゃ美味しい。俺も今日体験するまでは、ずっと外にいるわけだし、温かいものが欲しくなるんじゃないかと思ってたよ」

「あれ？　でも除雪作業、ようやく少し慣れたってさっき言ってたのに」

「それはあくまで除雪機の方。スコップで本格的に作業したことはない」

瞬間的に「えっ」と声を出し驚いてしまったが、考えたら不思議な話ではない。

彼はこちらを拠点としているわけではないし、私に管理人を依頼したということは、元々除雪を含めて管理していた人がいたのだろうし。そもそも、大きな会社の社長である彼がする作業ではない。きっと、仕事の延長で必要だったから除雪機の操作を覚えたとか、そんなところに違いない。

心の中で結論づけていると、春海さんはもう一度飲み物を口に含み、キャップを閉めて言った。

「さて。完全に汗が引く前に中で休もう。このまま外にいたら、さすがに風邪をひく。車から荷物を持ってくるよ」

車へ向かう春海さんについて行こうとした直前、鍵を差し出されて足を止めた。咄嗟に両手で受け皿を作ったら、春海さんはそこに鍵を乗せる。

「風花の荷物も俺が運ぶから、先に中に入ってて」

私に背中を向けて車へと歩いていく後ろ姿を少し見つめていると、途中、彼が足を滑《すべ》らせた。運よく転ばずに済んだのを見届け、思わず「ふふ」と笑いが零れる。それから踵《きびす》を返し、建物を見上げた。

基礎が高く設計された、一般的には二階にあたる部分が一階という感じの建物。雪が深い地域だから、普通の設計だと一階が埋もれてしまいかねないため、こういった造りなのかもしれない。

風除室《ふうじょしつ》の扉を開けて中に入る。

風除室とは、サンルームに似たガラス張りの空間だ。北海道をはじめ、寒い地域ではいろいろな対策にもなる風除室仕様の家が多い。

たとえば、玄関を開けた際に冷風が室内に流れ込まない。また、ここニセコのような豪雪地帯だとありうる、朝出かけようとしたら積もった雪でドアが開かないというトラブルや、玄関前が凍っていて転ぶなどの事故も回避できる。

でもこの別荘は風除室すらもセンスがいい。黒いサッシがシックだし、そのサッシも極力少なめに設計したのか一枚のガラスが大きくて、どこかの美術館みたい。

きょろきょろと見回しながら、手すりを握ってゆっくり階段を上がる。天井もガラス張り。さっきまで雲に隠れていた太陽が覗いた途端、眩しくて目を細めた。風除室内がふんわりと暖かいのは、太陽のおかげなのだろう。

そんなふうに思いながら十段ほどの階段を上ったら、玄関に到着した。私は春海さんから預かった鍵を使い、遠慮がちにドアノブを握る。

「お邪魔します」

誰もいないのはわかっていても、黙って上がるのは気が引けてぽつりと呟いた。

ドアの隙間から覗いた玄関は、外観から想像した通りゆったりとした広さ。三畳程度か……あるいはそれ以上あるかもしれない。

玄関に一歩踏み込むと、ドラマなどで見るお屋敷にも似た大きな玄関ホールで圧倒された。さらに、目の前にはオープンステアの螺旋《らせん》階段――吹き抜けだ。

天井を仰ぎ見ればオシャレな照明とシーリングファンが設置されていて、絵に描いたような北欧レトロモダンで、思わず感嘆の息を漏らした。

玄関の真ん中でぼーっとしていたら、後ろからドアが開く音が聞こえる。

「そんなところに突っ立ってどうした？　中に入ったら？」

「あ、はい。家に入った瞬間から素敵な空間で、つい見惚れてました」

「ふうん。うれしい感想を言ってくれる」

すれ違いざまに見せられた、うれしそうな顔にドキッとする。

本当に春海さんは二面性を持った男性だ。

このルックスで、大人の色っぽさと少年みたいな無邪気さを兼ね備えているなんて、心臓がいくつあっても足りない。可愛いのにカッコよくて、スペックもスタイルも並外れた人なんて稀有《けう》な存在だ。改めて昨年末から今日までの出来事が信じられない。

先にスノーブーツを脱いだ春海さんが、私の手を取る。

「ほら。中に入って温まろう。家の中はこれから好きなだけ堪能できるわけだし」

「そ、そうですよね。えっと、手を……」

しどろもどろになりながら訴えると、彼はパッと手を離す。一瞬の出来事だったのに、まだ胸が騒がしい。

私、この人と一夜をともにしたのに、手に触れられるだけで意識しすぎだよね。いや、逆かな。一度そういうことがあったからこそ彼の言動に敏感になって、翻弄《ほんろう》されると考えるのがしっくりくるかも。

前を歩く彼の後頭部をジッと見ながら、あとをついていく。さっきまで室内のデザインやインテリアに興味津々《きょうみしんしん》だったのに、今や頭の中は春海さんでいっぱい。

「荷物、とりあえず今はここに置いておくよ」

「はい。ありがとうございます」

リビングは玄関と直結していて、開放感のある間取り。フローリングや壁は艶《つや》のあるナチュラルな色をした木目で、どこかノスタルジックな印象を受けた。だけど、建物自体は比較的新しい感じがする。

風除室のように、ところどころスタイリッシュな設計だなと素人《しろうと》ながらに思う。

「うわあ……」

自然と声が口から零れ落ちた。

外からこの建物を眺めていた際に、きっと室内の窓から見える景色は綺麗なのだろうと想像はしていた。だけど、実際に見たら想像の何十倍も素敵。リビングも吹き抜けで、天井までの大きな格子窓は三角屋根のためシルエットが三角形だった。三角形から冬の柔らかな陽射しが室内に射し込む景観が、感性を刺激する。

「少し休んだら案内しようか？」

春海さんが後ろでくすっと笑いながらそう言った。我に返り、無意識に彼を追い抜いて窓際へと移動していたことに気づく。

彼はコの字に置かれたソファに歩みを進め、ひとりがけソファに腰を下ろした。私もそそくさと向かい側のソファに座る。すると、春海さんがおもむろに目の前のローテーブルに紙を置いた。スッとこちらに差し出されたので、前傾《ぜんけい》姿勢になって紙面の文字を読み上げる。

「雇用契約書」

「簡易のね。一応作成してきた。口頭だけじゃ不安になるだろうし、トラブル回避も兼ねて。内容確認して、問題なかったら必要事項記入と署名《しょめい》をして」

「わかりました」

手に取った書面には、雇用期間や勤務日数、給与、業務内容などが記載されていた。

どれも事前にメッセージで聞いていた内容だったから引っかかる箇所もなく、契約書をテーブルに戻して一度頷いた。

「大丈夫そうだな。じゃあ、はい」

春海さんは私の反応から察して、ボールペンを差し出してきた。私はそれを受け取る際、海外メーカーの高級ボールペンに一瞬怯《ひる》んだ。けれども、流れ的にこのまま借りるしかない。

やっぱりいいものは書き心地が違うな、なんて思いながらペンを走らせていくと、春海さんが口を開いた。

「年齢が近そうだなと思ってはいたけど、同級生なんだな。俺も二十九」

私は手を止め、彼を見た。

「春海さんも？」

初めて会った時にそれを聞いていたら、『意外だ』と驚いていたかもしれない。落ち着いていたのもあって、結構年上なのかと思っていたから。だけど、再会してからはどちらかというと同じくらいの歳かもと感じることが多々あって、同い年とわかって『やっぱりそうなんだ』と納得した。

「じゃ、敬語はなしで」

「いや、それとこれとは！　雇用主とアルバイト社員ですから」

「わかった。だったら勤務時間内だけそういうことにしよう。はい、問題なければ続き書いて」

強引にねじ伏せられて、渋々署名まで書き終えた。二部ある書面のうち一部を返され、改めて契約書に目を落とす。

「さっき、今回は誰にも任せずに留守にしていたって話をしてましたよね？」

「今は勤務時間外。契約書に追記でもしようか」

春海さんは腕を組み、不服そうな顔で言った。今しがた話題に出た、話し口調が原因だと気づいて首を竦める。

「いえ……あ、ううん！　そこまでしなくても大丈夫、だから……」

彼はひとつ息を吐き、ソファの背もたれへ背中を預ける。

「必要に応じて、除雪や排雪を業者に依頼してる。それが？」

「なら、別荘管理もこれまでお願いしていた業者さんがいたんじゃないかなって」

別荘は大抵離れた場所にあるから、自身で管理するのは難しいだろう。だから、然《しか》るべきところへ依頼するのが普通なのかなと考えた。

「いたよ」

「やっぱり！　じゃあ、どうして私をここに」

なにかトラブルがあってその業者さんと疎遠《そえん》になったんだとしても、この地域なら別荘管理の会社なんていくつもありそうなのに、なぜ素人の私なんかを。

契約書をいくら見つめても答えは出ない。手に持っている契約書が影で覆われたところで、春海さんがいつの間にか席を立ってこちらに来ていたことに気づく。驚いて彼を仰ぎ見た途端、顔を近づけてきたので硬直した。

「気づいたらそうしていた」

「気づいたらって」

そんなのあり？　妙な回答に、さすがに茫然とする。彼自身も不思議そうな声音で答えていたが、私の方が不思議で仕方ない。

「まあいいだろ？　ほら。もう契約済んじゃったし」

もう一枚の契約書を取り上げピラッと見せられたら、それ以上はなにも返せない。

気持ちを切り替え、冷静に質問をする。

「『いた』っていうことは、引き継ぎしてくれる人はもういない……？」

「まあ気にせず、仕事は風花がやりやすいように。そのほか、わからないことや生活ルールは都度《つど》俺に確認してくれればいい」

「え、えー……」

なんだかツッコミどころ満載ではあるけれど、彼の身元ははっきりしているし私も生活に余裕がないし、細かい部分は目を瞑って粛々《しゅくしゅく》と仕事をするしかない。

「わかった。それじゃ荷物もあるし、まず貸してもらえる部屋を教えてほしいかな」

「了解。こっち」

そうして私もソファから立ち上がる。春海さんはさりげなく私の荷物を手に取った。

「あ、自分で持てるから」

「いい。雪が重かったから腕疲れてるだろ」

そう言って、玄関前の階段を上がっていく。スイスイと二階まで上る彼を追いかけた。二階に着くと、広いホールがあり、廊下側にはドアが三つあるのが見えた。それと、廊下の奥にも天井に続く細い階段がある。

「三階もあるの？ もしかして、屋根裏部屋への階段とか？」

「ああ。荷物部屋に置いたら行ってみる？」

「いいの？ 行きたい！ すごい！ 素敵！」

つい前のめりで即答した。屋根裏の部屋って雰囲気ありそうだし、気持ちが落ち着きそう。子どもの頃からアニメなどでそういう空間が出てくるのを見て、純粋に『いいな』って感じた思いが大人になった今も残っている。

思いがけないプレゼントをもらった感覚で頬を緩めていたら、春海さんが肩を小刻みに揺らして笑っていた。

私は恥ずかしさで顔を熱くするだけで、うまい言い訳もできずに俯いた。

「そういうとこ、いいよな」

ぽつりと聞こえてきた言葉に、ちらりと彼に視線を向ける。

「子どもっぽいと思っているんでしょ」

「そこが可愛いって言ってる」

自虐気味に返した言葉に、まさかの反応が返ってきて目を見開いた。

か、か、可愛いって言った？　なんでそんな心にもないことを。

大きく動揺している私を置いて、彼は廊下を歩いていく。ひとつのドアの前で立ち止まり、ドアノブを握った。

「この部屋、自由に使って」

急いであとを追って、ドアを開けてくれた春海さんに会釈をする。

「あ、ありがと……う」

部屋に一歩踏み入れた瞬間、驚きのあまり固まった。

リビングを見た時にかなり大きな家だとは思っていたけれど、まさか部屋ひとつひとつがこんなに広いの？　十畳くらいありそう。ベッドもドレッサーもテレビも設置されている、ホテルライクな空間。それも、かなり特別な。

圧倒されていると、春海さんはクローゼットらしき扉に手をかけていた。

「荷物はとりあえずここへ入れておくよ」

そうしてその扉を開いたら、またもやびっくりさせられる。客室用とは思えないほどの、広々としたウォーキングクローゼットだ。

「信じられない……」

さすが大迫リゾートが経営する別荘だ。ここまでラグジュアリーな雰囲気の別荘で過ごせたなら、満足度も高いに決まっている。非日常的な贅沢な時間にうっとりしてしまうよね。ただその分、清掃や管理は大変かも。これは気合い入れなきゃ。

だけど、これだけ素敵な別荘なんだから、今の時期でも利用者がいそうなものなのに。あえて夏期限定で貸し出している理由でもあるのかな。

考えごとをしていると、春海さんが部屋のドアを開けながら言う。

「俺は風花の部屋の向かいだから」

さらりと告げて部屋を出ようとする彼の背中に、慌てて問いかける。

「えっ。春海さんのって……えっと、ごめんなさい。もう一度」

聞き間違いかもしれない。そう思って再度尋ねたら、衝撃の事実を明かされる。

「俺もここに寝泊まりするから。あれ？　言ってなかった？」

「き、聞いてない！」

知らない！　初めて聞いた、そんな話！　春海さんもここにって、いったいどういうことなの!?

彼は動転する私を一瞥し、目を細めてニコッと笑う。

「そっか。ま、そういうことだから」

軽い応答に卒倒しそう。確かに広い家だから、大した問題でもないかもしれないけれど……いや。やっぱり問題だよ。雇用主とアルバイト社員がひとつ屋根の下だなんて。それも男女で。しかも、私と春海さんは一度勢いでいろいろとあった間柄だし。

「ええと、シェアハウス風にしてるんですか？　だったらほかにも人が？　大迫リゾートが管理しているなら人気ありそうですもんね」

どうかふたりきりではないと言ってほしい一心で、必死に質問を続ける。

春海さんは僅かに片側の口の端を上げ、ゆったりした口調で答えた。

「ここは大迫は関係ないよ。うちの――久織家の別荘。だから誰にも貸してない」

「久織家の？　え？　大迫リゾートが商業用に管理している別荘なんじゃ」

「そんなことひとことも言ってないだろ？　個人の別荘で、ここ数年俺が鍵を預かってる。仕事でよくこっちに来てるから、ちょうどいいって」

根本的なところから大きな勘違いをしていたっていうの？　でも彼だけを責められない。勝手に思い込んで質問しなかった私にも責任はある。とはいえ、こんな状況になるなんて。

「だから、毎年個人で清掃管理の会社に依頼していただけで、自社のサービスを利用していたわけじゃないし、管理の仕事はあまり気負わなくて大丈夫」

頭の中でぐるぐると考えを巡らせるのに精いっぱいで、もう言葉が出て来ない。衝撃的な展開に一歩も動けずにいると、春海さんがゆっくりこちらに近づいてくる。

怖い……という感情とはまた少し違う。うまく説明できない。ただとにかく、〝彼とふたりきり〟の状況に、心臓が大きく騒ぎ身体が熱くなった。

徐々にあとずさるも、ベッドの縁《ふち》に行きあたってバランスを崩す。ベッドの上にしりもちをついた際、反射的に目を瞑った。次の瞬間、腰の横あたりのスプリングが沈む感覚がする。

そろりと瞼《まぶた》を開けると視界には艶っぽい瞳でこちらを見下ろす、春海さん――。

「そんなに動揺して、あの日とは別人だな。一緒にいてって、そっちからお願いしてきたくらいなのに」

彼の前髪が額に触れるか触れないかという距離でささやかれ、胸がぎゅっとしめつけられる。これは……罪悪感だ。

「ごめんなさい。怒るのは当然だってわかっているつもりです。どうか許して」

「怒る？　どうして俺が？」

言下《げんか》に尋ねられ、目を瞬かせる。瞳に映し出されていた彼は、とぼけているようにも見えず戸惑った。

「え……。だ、だって、あんな高額を払わされた挙句、私が姿を消したから。時々あの夜の話題に触れるのは、追いかけてくるほど怒りを感じているせいかなって」

彼は一驚《いっきょう》した様子で、一度視線を外してぽつっと漏らす。

「言われてみれば、確かに」

それから再びその綺麗な瞳で私を捕らえると、真面目な面持ちで続けた。

「会えたらいいなと追いかけてしまうほど、俺は君に惹かれてしまったのかも」

「は……？　なにを言って……」

乾いた笑いとともに声を絞り出す。だけど彼は一向に笑わないし、ずっと真剣な眼差しをこちらに向けている。

困り果てたところで、ようやく彼の表情が少し解《ほぐ》れた。

「ここではとりあえず別部屋だし、問題ないだろう？　ま、もしひとりが寂しいって言うならいつでも歓迎するけど」

「ご、ご心配なく！　もうそういうことは言わないって決めているから」

私は彼の腕の中から逃げつつ返す。すると、瞬時に片方の手首を掴まれて阻《はば》まれた。

私を試すような意地悪な笑みを浮かべ、質問をしてくる。

「ふうん？　それって、誰かに甘える夜は俺が最後だったってこと？」

「ちょっ……その言い方じゃ、まるで私がこれまで何人にも甘えてきたみたい」

「へえ。ってことは、もしかして俺が最初で最後の相手？」

極力その話には触れたくないのに！

鏡がなくても自分の顔が真っ赤だってことくらい、感覚でわかる。質問の内容も赤面していることも、なんならこの迫られている体勢だってずっと恥ずかしい。

私は彼の手を振り解き、素早くベッドの隅へと移動した。そして顔を背け、乱れた髪を直しながら言う。

「そんな話より！　家の中の案内をお願いしてもいいですか。引き継ぎしていただける方がいないなら、事前にいろいろと調べたり準備が必要だと思うので」

春海さんは呆気《あっけ》にとられていたのか、ちょっと間を空けたのちに「ふ」と小さな笑い声を出した。

「急に仕事モードだ」

「と、当然です。私はそのためにここに来たんですから」

そうはっきり口に出さなければ、うっかり目的を見失いそうになる。とはいえ、まだ動揺は完全に拭いきれなくて、まっすぐ彼を見ることはできなかった。

ベッドの揺れから彼が床に降りたのを感じると、余計に目のやり場が定まらない。

動けずにいると、視界の隅に彼が入ってきた。

「でも、仕事は明日からお願いするつもり。ほら、行こう」

ゆっくり目線を彼へと動かすと、手を差し出されているのに気づく。

私は勇気を出して、その手をたどり、彼の顔と向き合った。

「行くって、どこへ?」

「どこって、屋根裏を見たいって言ったのは風花だろ?」

ほんの数分前のことなのに、すっかり頭から抜け落ちていた。それもこれも、春海さんが急に意味深な言動をとるから。

差し伸べられた手を無視するのもどうかと悩んだ末、遠慮がちに手を重ね、ベッドから降りてすぐに離した。春海さんが屋根裏へ続く固定階段に向かって歩いている間、彼の言葉が脳内で繰り返される。

『追いかけてしまうほど、俺は君に惹かれてしまったのかも』

あれは、あの場で咄嗟に出てきた社交辞令。本気に見せかけて、今後アルバイト社員である私との関係を良好に、円滑《えんかつ》にしたいからそう言っただけ。きっとそう。

それならば、いっそのこと仕事は仕事として、イブの借りは置いておいて従業員として徹しよう。

廊下をつきあたり、細い階段を上っていくと、屋根裏部屋にたどりついた。

私の身長でも少し身を屈めないと、頭上の梁《はり》にぶつかってしまう高さ。これだと、長身の春海さんは移動がつらそう。私が『行きたい』と言ったばかりに、と申し訳なく思う。けれども、屋根裏部屋の全貌《ぜんぼう》が見えた途端に、その空間にひと目惚れをしてしまい、心苦しい気持ちも一瞬飛んだ。

柔らかなクリーム色の壁に、一か所だけアクセントでレンガ柄のクロス。照明を点けていないのにそうした色合いや柄がわかるのは、一階リビングと通じた吹き抜け設計だからだ。リビング側に柵があって真下を見下ろすことはできないものの、あの天井までの大きなリビング窓の採光がここまで届いている。

「綺麗……」

冬の陽の光は夏と比べて柔らかい。ふわりとした温もりを感じさせる独特の陽射しがクリーム色の壁紙に溶け込んで、なんだか現実世界ではなく物語の世界に紛れ込んだような錯覚に陥った。

「カメラ、持って来てるだろう？　好きに撮ったらいいよ」

春海さんの声で我に返る。振り向くと、彼は掘りごたつ式になったカウンター席に座っていた。

心臓がドクドク鳴っているのを悟られないよう、どうにか平静を装い淡々と答える。

「いえ。カメラは持ってきていないので。それよりこの別荘、本当に素敵ですね」

私はその場に静かに座り、屋根裏部屋の天井を見上げた。

「……そう。もったいないな」

彼の呟きは耳に届いていたけれど、私はなにも返さず、時が止まったように柵越しに窓の向こう側を眺めていた。

3. この感情の正体

翌朝。どこからともなく美味しそうないい香りがしてきて、パッと目を開ける。アラームよりもやや早く起きた俺は身体を起こし、窓へ視線を向けた。雪雲と、遠くにほんの少し晴れ間が見える空を見て、ああ、北海道にいるんだなと感じる。

普段、重要な仕事であっても緊張することなどほぼない俺が、今朝は僅かに心拍のリズムが速いと自分でわかった。

緊張というよりも、気持ちが昂っていると表現した方が近いかもしれない。数日前に彼女と再会してから、柄にもなく心が浮き立っているのだ。

風花に対する感情は、ひとことでは言い表せられない。自分のことなのに、本当に明確な説明ができないものだった。

彼女は他人を不快にさせるような自虐的な言動はせず、誰かのせいにもしなかった。反面、積極性に欠けていたのだが、それでも嫌悪感は抱かなかった。おそらく、俺自身も似た感情を秘めているからだろう。あとは、彼女がとても心やさしい人間だと知っているから、というのもある。

そう断言できるのは、俺が彼女と会ったのはあの夜が二度目だからだ。

おそらく、彼女は今もまだイブの日が初対面だと思っている。

風花との出会いは三、四年前。紛失したスマートフォンを探す手助けをしてくれた。親切な女性だなとは感じたものの、今ほどの感情は抱いていなかったように思う。

バーで再会した彼女を見て、初めはどこかで見た気がする程度だった。しかし、些細なきっかけで彼女との出会いを思い出したのだ。

それは、グラスを持つ手を一瞬痛そうに引っ込めた行動。

以前、会ったことのある女性も同じ箇所にサポーターをしていたのをなんとなく覚えていた。彼女が数年前に会った人物だろうと思ったら途端に興味が湧き、気づけば話に花が咲いていた。

同一人物と確信したのは、翌朝置かれていた写真を見た時だったが。

風花は、俺がこれまで関わってきた女性とは少し違っていた。

大抵の女性は、まず年齢と仕事を確認して値踏みしてくる。そういった詮索《せんさく》はひどく不快だし、ひとことだって言葉を交わしたくない。あざといタイプだと、こちらの情報を間接的に入手したうえで、『弱っている』『困っている』などと、わざと隙を作ってすり寄ってきたりもした。

それに比べて風花は、俺に対しては名前や仕事についてすら一度も聞いて来ず、驚いた。さらには俺を置いて、先に席を立つ始末だ。

けれども、そのあとにちょっとしたアクシデントで彼女の身体に触れたのをきっかけに誘われたわけだが、あの時点で彼女に非常に興味を引かれていた俺は、拒否反応も起こらず、むしろ自ら受け入れた。

あの夜、彼女だから誘いに乗ったのだということだけは、はっきりしている。

そうしてひと晩一緒に過ごしたら過ごしたで、彼女はベッドの中で俺を『利用した』と正直に口にして謝るものだから、心底驚嘆《きょうたん》させられたのだ。

そんな一風変わった彼女の心の空虚を束《つか》の間《ま》でも埋めたくて、俺は彼女を丸ごと受け止めた。その先のことは特になにも考えていなく、彼女がこれっきりのつもりならそれでもいいと無意識に考えていた気さえする。

翌朝、彼女が残していったものを見るまでは。

朝起きると、隣はもぬけの殻。室内を見渡しても人の気配はなく、ふとテーブルに目を落とせばルームキーの下にお金と写真が残されていた。

どことなく仄暗《ほのぐら》い印象だった彼女が置いていった写真に、俺は目を奪われた。

印画紙《いんがし》に写し出されていたのは、北海道らしい雪原。地平線上に二本の木があり、そこへこれから向かうのであろう足跡がフレームの手前に少しだけ。足跡のそばに使い込んだリュックがひとつ置かれていて、妙にインパクトがあった。

そして一番心を惹かれた理由は、雪が降っている瞬間の写真にもかかわらず、なぜか温かさを感じられる作品だったから。寒さや冷たさを連想させるはずの雪景色が、どうしてこんなに温もりを感じさせるのか不思議で仕方がなかったのだ。

初めて出会った時に、彼女は肩から斜めにカメラをぶら下げていた。

おそらく、これは彼女自身が撮ったものに違いない。

俺は今まで写真に深い興味を持ったことはない。むしろ、過去を振り返らせることが多い〝写真〟は好きではなかった。

そんな俺がひと目で惹きつけられ、手の中の写真にいつまでも見入ってしまった。

そのうち、これを撮った彼女のことをもっと知りたいという欲求があふれ出した。

気づけば衝動に駆られるがまま、唯一の手がかりである写真を調べ、常に持ち歩いていたところに運よく彼女を見つけた。さらには、涼しい顔をしてあたかも偶然アルバイトを探していたように、住み込みの仕事を彼女に持ちかけた。風花との話の流れでそうしただけで、現在は別荘の管理をお願いする必要はない。

とにかく繋ぎ止めるのに必死で、俺たちの初めの出会いについて切り出す余裕もなかった。まあその件については、ゆくゆくでもいい。このままもう少し黙っておいて、彼女の方から気づくかどうか待ってみるのもいいかもしれない。

サプライズでプレゼントをする時みたいな高揚感《こうようかん》を抱いた俺は、二階で顔を洗い、その気持ちのままスーツに着替え、身支度を済ませてリビングルームに降りた。キッチンに風花の後ろ姿を見つけて、明るく声をかける。

「おはよう」

「おはようございます」

風花は料理に集中しているからか、こちらを見ずに挨拶を返してきた。

昨日、食材の買い出しに行きたいと言われ、近くのスーパーマーケットまで一緒に行った。その時点で彼女が家庭的な女性なのだとわかった。

「美味しそうな匂いがするな」

「品数もレパートリーも少ないんですけどね」

彼女は手元ばかり見ていて、こちらに一瞥もくれない。だけど、よく観察すれば耳が微かに赤く染まっている。もしかしたら、俺を意識して素っ気《そけ》ない素振りをしているのかも。

すると、彼女が調理の手を止めてぽつりと言った。

「朝食、一緒に食べます？　もしよければ、ですが」

「いいの？」

「はい。キッチンも調理器具も使わせてもらっていますし。ただ、さっきも言った通り手の込んだ料理ではないので、がっかりしないでくださいね……」

ようやくこちらに顔を向けたかと思えば、なにかに驚いて固まっている。

首を捻って「なに？」と尋ねると、風花は俺から目を逸らして小さく返す。

「そっか。今日はお仕事なんですね」

俺は彼女の様子がおかしかった理由を察し、ニッと口の端を上げて答えた。

「残念ながらね」

「ちっ、違……！　残念とかそんなふうに思って言ったわけじゃ！」

慌てふためく反応は想定内。なら、次はどんなリアクションが返ってくるのか――。

口元が緩むのを抑えつつ、顔を近づけてささやく。

「俺がそう思ってるだけ」

ちらりと彼女の変化を観察する。一瞬視線がぶつかり、途端に頬が赤く染まっていくのを見て胸が脈打ち熱くなった。

可愛い。この程度の会話でこんなにも余裕のない反応を見せる彼女だ。イブの日の大胆な行動こそ、本来の彼女からは程遠いものだったのだのだとわかる。

でも、あの夜の彼女が偽りだったとは思わない。滲《にじ》ませていた孤独感は本物だった。

だから俺も共鳴して……。

彼女をジッと見つめていたら、呆気なくそっぽを向かれてしまった。

「今後その手の冗談はやめてください。ご覧の通りうまく躱《かわ》せないので……きゃ！」

風花の頑なに一線を引くような言動に、堪らず手が動いた。細い手首を掴み、やや強引に引き寄せた途端、彼女の瞳が困惑気味に揺れる。それに気づいても、俺は風花との距離を詰めた。

「距離を感じる」

「きょ、距離？　むしろ近いと思いますが」

「物理的な距離じゃなくて、心理的な方」

即座に言葉を返すと、彼女は気まずそうにして再び下を向く。

「だ、だって。本当にそういう社交辞令は慣れていないので」

「社交辞令？　本気でそう思ってる？　だから話し方も急に敬語に戻ったのか？」

これじゃあ、イブの日よりも彼女から遠のいているじゃないか。

言葉遣いの指摘をすると風花は無意識だったらしく、ハッとして口を片手で覆う。

「今日から仕事だって構えていたから、つい朝からスイッチが入っちゃって……」

敬語を使われた程度なら、焦燥に駆られることもなかっただろう。だけど、彼女に向けた言葉のすべてを、誰にでも言っている『社交辞令』だと思われたら不本意極《きわ》まりない。

「で？　俺が誰にでも同じことを言っていると？」

つい余裕がなくなって、声のトーンを落として風花に詰め寄った。

これまで多くの女性に言い寄られてきた。みんな俺の上辺だけを見る人間ばかりだ。しかし、『俺の中身を知らないくせに』とは思っていなかった。心を閉ざしているのは俺自身だと自覚していたから。

ただ、女性に好意を向けられるたび、周囲が過剰《かじょう》に羨ましがったり妬んだりと面倒ごとが増えた。だからこそ、気のない相手には勘違いさせるような社交辞令や冗談などは一切言わないと決めている。それどころか、逆に冷たいと思われるくらいの態度を取っているとさえ思っている。

まあ、彼女はそんな俺の事情など知る由《よし》もないのだから仕方がない。

そう納得する傍《かたわ》ら、面白くない気持ちになっている自分がいる。

掴んでいた手をさらに引き、細い腰を捕まえる。混乱してこちらを見上げる風花を無視して、おもむろに顔を近づけていった。そして、大きくしていた目を瞑り、肩に力を入れる彼女の前髪に触れるだけのキスをする。

その後、手首も身体も解放すると、彼女は首まで真っ赤にしながら右手で前髪を押さえて口を開いた。

「な、なな、なんでっ……今の！」

動揺しまくる風花が可愛いなあなんて思うし、そうさせたのが自分だと考えるとうれしいのだから、やっぱり彼女は俺の特別だ。

「仕事スイッチが入るって言うんだったら、別のスイッチ入れるしかないだろ」

「いや、もう意味がさっぱり……」

彼女が困惑の表情を浮かべ、再び目を背けようとしたから、思わず小さな顎に手を添えて強引にこちらを向かせた。

相手の心の奥に触れたいと思ったことも、自分の弱みや情けないところを曝け出してでもわかってほしいと願う人などいなかった。彼女と出会うまでは。

「昨日、君に惹かれていると言った。それ以外にも理由が必要？」

風花は目を見開いて、こちらを凝視する。

小さい頃から、周りの人間の考えていることを察するのは得意だ。だけど、彼女に関しては予測ができない。再会した夜だって、ことごとく予想外の行動を取っていた。今も、もしかしたらこんなにも正面からぶつかっていっているのに、また『社交辞令』とでも思っている可能性がある。

逃さない一心でつぶらな瞳を見つめ続けていたが、微かにする異臭で我に返り、目を伏せた。

「悪い。美味しそうな匂いが焦《こ》げ臭くなった」

「ああっ！」

俺の指摘に風花は慌ててＩＨクッキングヒーターへと駆け寄る。様子を見れば、フライパンのベーコンが香ばしさを通り越して残念なことになっていた。

六人がけのダイニングテーブルに向かい合って座る。

テーブルの上には卵焼きと具だくさんの根菜汁、鮭フレークと大葉と白ごまを混ぜたふりかけ。そして、焦がしてダメにしたと思っていたベーコンは、付け合わせのサラダの上に刻んでトッピングされていた。

「並べるとやっぱりちょっと質素だなあ。私ひとりなら十分足りるんだけど、男の人はもっとボリューム欲しいよね」

苦笑交じりに零した風花に、返答する。

「十分だ。俺、実は普段朝食をとることの方が少ないから」

「えっ。じゃあ無理しているんじゃ」

「してない。いい匂いにつられてお腹が鳴って目が覚めた。これでおあずけを食らったら悲しい」

勘違いされては困ると思って否定すると、風花は目をぱちくりとさせたのち、口元に手を添えてふき出した。

「ふっ。嘘。そんな漫画みたいな話」

くすくすと笑いが止まらない様子の彼女を見て、自然とこちらも頬が緩んだ。

「いい匂いで目覚めたのは本当」

「それならいいけど」

とても穏やかな朝食の時間だった。というか、彼女の纏《まと》う空気はいつも柔らかだ。腹の底の探り合いもないし、一方的な欲求を向けられる感じもない。自分をよく見せるために取り繕う様子もゼロで、それが素直にうれしかった。

支度を済ませて玄関へ向かうと、キッチンから風花がひょこっと顔を覗かせる。なんてことのないシーンに、こんなにも胸が弾む。

「行ってきます。あとのことは任せた」

「はい。素人ですが、精いっぱい務めます」

風花に見送られ、名残惜《なごりお》しい気持ちで玄関を出る。風除室の階段を下り、扉を開けると家回りからガレージ前まで、綺麗に雪が掃かれていた。

普段から働き者なんだな。きっと、プロと同じクオリティまではいかなくとも、彼女ならこの家の管理の仕事も努力してできる限りのことをしてくれるはずだ。

ふと家を見上げたら、窓際に風花の姿を見つけた。

彼女は俺と目が合うと動揺した感じで忙《せわ》しなく顔や手を動かしていた。けれども、恥ずかしがって逃げたりせず、まだ少し凍った窓を押し開けてこちらに呼びかける。

「なにか……忘れ物？」

「いや。このあたりが綺麗になっていたから驚いて。手は痛くないか？」

「ああ。朝起きてすぐ玄関周りの雪かきは終わらせたの。実家に帰っていた時も、それは私の仕事だったし慣れてるから平気」

そうやって朝陽みたいな爽やかで眩しい笑顔で答える彼女の、やさしくも強い本質を見た気がした。

俺の仕事は、全国各地にある自社施設の運営と、サービス提供の視察と改善。自社施設には、都市型ホテルやリゾートホテルはもちろん、ゴルフ場やスキー場などもある。ここ数年はファミリー層に受けがいい複合リゾート開発に力を入れていて、まずはここニセコでのリニューアルオープンを控えているのだ。

夕食をともにしながらしたその説明に、風花は前のめりになって質問してくる。

「なるほど～。そういうお仕事なんだ。で、ニセコの大迫リゾートグループはどんなふうに変わるの？」

「低年齢からでも参加できるアクティビティ施設とか。あとはキャンプ場を拡げたり」

「そっか。スキーのイメージ強いから、夏も同じように盛り上げられたらいいよね。夏の羊蹄山《ようていざん》と青空の景色も綺麗だし！　大自然の中のアスレチックとかもいいな。あ、料理や工作なんかもいい！」

「それはもうすでに建設予定。プレスリリースも出してる。工作をはじめ、そういう体験型イベントは追々《おいおい》」

すると、風花が感嘆の息を漏らし、箸を置いてしみじみと話す。

「春海さんって本当に社長なんだね。これまでの派遣先で同い年の社長だなんて、ひとりもいなかったから実感なかったんだけど」

俺の年齢を知り、疑いの目を向けられることはよくある。しかし、他人にどう思われてもあまり気にしてこなかった。

「多くはないんだろうが、いないわけじゃないよ。ただ風花が出会ってないだけで」

風花は真剣な面持ちで小さく頷く。

「確かに。春海さんと出会えたのも本当に偶然だったし」

一度目に道端で助けられた時と、ホテルのバーでの再会は彼女の言う通り偶然だった。でも、札幌での再会は違う。

俺が君を探していたから——。

「ところで、ここが久織家の別荘ってことは定期的に来ていたり？　それこそスキーをしに来たりとか？　なんか春海さんってスキーとかスノボ上手そう～。ちなみに私は道民だけど苦手で」

「そうなんだ」

「小学生の頃からスキー授業はあったから、リフトで上まで行って下まで戻る程度はできるよ。でも、軽快にスイスイとは滑れない」

笑って話す風花を見つめ、思案する。直感が働いたらしい風花は、俺の顔色を窺《うかが》って顔を顰めた。

「え……。ちょっと待って。なんか、嫌な予感が」

狼狽《うろた》える風花をよそに、にこやかに提案する。

「せっかくだし、週末は一緒に山に行こう」

「やっぱり！　なんで！」

風花に別荘の管理をお願いした時は、場所にはこだわらず、とにかく彼女を繋ぎ止めるのに必死だった。でも、彼女の様々な表情を引き出すためには、いろいろな場所に連れ出すのも手だろう。俺は風花のことをもっと知りたい。

「仕事も休日も、ずっと同じ場所にいるのは面白くないと思ったからだ」

「そんなことないし。十分面白いし」

彼女の子ども染みた返しに、こちらもつい大人げなくやり返す。

「ふうん。そこまで抵抗するなら仕方がない。命令にしよう。業務命令。週末は敵《てき》情視察《じょうしさつ》に付き合うように」

「な……ず、狡い……！」

怒りや困惑、羞恥など、コロコロと表情が変わる。

苦手なスキーに連れ出されると嘆く風花に対し、俺はあろうことか申し訳なさよりも楽しさが勝っていた。

土曜日はあいにく天気がよくなく、約束を決行したのは日曜日。

車で移動中、風花から一切話しかけてこない。よっぽど嫌なのだと、今日の風花を見て反省している最中だった。

運転しながら、行き先を変えようかと声をかけるタイミングを見計らっているのだが、なんだか〝話しかけるなオーラ〟を勝手に感じ、まだ達成できていない。

そうこうしているうち、出発してから約三十分が経過。競合他社のスキーリゾート地に到着してしまった。

駐車場に車を止めるなり風花はシートベルトを外し、ドアハンドルに手をかける。

「じゃあ私はウェア一式レンタルだから先に」

俺は慌てて彼女の右腕を掴んで制止した。

「必要ない。すべて用意してある」

「えっ……嫌」

驚き交じりの視線を送って来たかと思えば、即答でそんな断り方をされてさすがにへこんだ。おそらく彼女以外に同じセリフを言われても動じなかった。彼女だけ。

「ちょっとストレートすぎないか？」

平静を装って返すと、風花はハッとして勢いよく謝ってきた。

「ご、ごめん。なんていうか……。春海さんのことだから、きっと一流スポーツメーカーのカッコいいウェアを用意してくれているんだろうなって思ったら、つい」

「なるほど。で、それが重かった？」

「……ん。重いかと言われれば……」

後半の沈黙は肯定としか考えられず、内心青褪める。

決して負担に感じさせたかったわけではない。むしろ、負担を軽くしたくてできることをしようと思っただけ。それが逆効果だったとは。

風花は気遣《きづか》うように苦笑いを浮かべた。

「だってそうでしょ？　私、まだ三十万も返済していないのに、スノーブーツだけじゃなくスノーウェアまでって、申し訳なくもなる」

行きずりで一夜をともにした時の費用だって、俺が承諾した時点で彼女が気にする必要はないのに。根が真面目な証拠だ。

「あと、単純にカッコいいウェア着て滑るような実力じゃないから、変に目立ちそうで……春海さんにも恥ずかしい思いさせるって考えたりしちゃって」

「――ごめん」

堪らず謝罪の言葉を口にすると、彼女は目をぱちくりさせて固まっていた。

「本当は、今日の予定を変更しようかって考えてた。でも、今日は朝からずっと風花の機嫌が悪そうに感じて、なかなか声もかけられなくて」

「それは……ごめんなさい。カッコ悪いところをわざわざ見せに行くとしか思えなくって憂鬱《ゆううつ》で」

すぐに『ごめんなさい』と言える彼女は、やはり素直だ。

それにしても、我ながら単純な男だ。興味のない相手はとことん冷遇《れいぐう》するのに、好きな女性を前にしたら、求められずともなんでも贈りたくなるのだから。

いろいろとしてあげたい気持ちが強いくせに、『三十万はいらない』とはっきり告げないのは、彼女との繋がりを断ちたくないからだ。

「ふ。そうか。俺は君のカッコ悪いところも見てみたいんだけどな」

「なっ、なんで！」

「だって弱ってた風花が忘れられなくて。すごくいじらしくて……。俺、風花ならカッコ悪い姿見たって幻滅《げんめつ》しない自信あるよ」

嘘偽りない気持ちを口にした途端、風花の頬が見る見るうちに赤くなった。彼女はこちらに後頭部を向けて顔を隠し、ぼそぼそと言う。

「もう、意味がわからない。あんな……最高にカッコ悪い姿……。あんな自分、二度と見られたくないのに」

嘆く彼女に同調して苦笑してしまった。

「俺の方こそ、今回は格好がつかないことばかりだな。このままだと、好かれるどころか嫌われそうだ」

これまで人間関係――特に女性と真面目に向き合って来なかったのが仇《あだ》になった。初めて興味を持った相手なのに、空回りしてばかりでうまくいかない。

風花は俺のぼやきが気にかかったのか、いつの間にかまた顔がこちらに向いている。

「や、大げさじゃない？　そんなに人を嫌いになることってそうそうないと思うし」

「でも、なくはない」

むしろ、俺を嫌っている人間は周囲に一定数いる。そいつが好意を寄せている女性が俺を好きだったり、久織の名前や大迫リゾートの社長という肩書きに対しての嫉妬だったり、原因、理由はいろいろだ。

「自分にとって重要でない相手なら、どう思われようがまったく気にはならないが」

それが仮に、〝風花に〟と考えると人並みに焦るし落ち込む。

自分でも知らないうちに、想像だけで項垂れていたらしい。それに気づいたのは、風花が俺の頭にそっと手を置いた時。

彼女のじわりと温かな手の感触に心臓が脈打つ。

「ふふふ。春海さんって、意外と子どもみたいなところもあるんだ」

風花は無邪気に笑い、指先を僅かに動かして髪の毛を撫でる。

普段なら、誰であっても頭に手を置かれたら反射的に振り払っていたはずだ。だけど、この手へは拒否反応が起きない。

やさしい手つきに、やっぱりあの写真は簡単に撮れるものではなく、風花だから撮れたのだと確信する。

彼女の持つ穏やかで安らぎを与える雰囲気は、乱れていた心に平静を取り戻させる。落ち着きを取り戻すと同時に、そばで寄り添う風花に対する恋情があふれ出す。

「警戒心なく男を子ども扱いしてたら危険だぞ」

ひとこと返すや否や、風花の細い手首を掴んで拘束《こうそく》する。目を大きく見開く彼女に、ずいと距離を縮めてわざと低い声で言った。

「一瞬で空気が変わるかもしれないだろ？　こんなふうに」

これは彼女を脅《おど》かしたり仕返ししているわけではない。俺以外の男に同じような振る舞いをさせないために釘をさしているのだ。

風花の瞳を見ていたら、意外にも彼女が一瞬たりとも目を逸らさず、こちらを見つめ返してくるものだから動揺してしまう。

これ以上は、俺の方がブレーキがきかなくなりそうで、パッと手を離した。

「冗談！　さて。気を取り直して準備――」

「私、恋愛はもうご無沙汰《ぶさた》で、アンテナも鈍ってるかもしれない」

風花が真剣な声を出す。俺は到底無視できずに、彼女を振り返った。

「でも昔、大きな失敗をした経験から、人をよく観察するようにはしてるの。ちょっと癖はあるけど、あなたは悪い人じゃない」

そう説明する風花は、相変わらず俺をまっすぐ見ていた。

純白な心を映し出す美しい瞳に引き込まれる。

たとえるなら、光に照らされてキラキラ輝く雪。

まっさらで穢《けが》れも知らないそれを彷彿《ほうふつ》とさせる――。

「と、ところで、今日は結局どうするの？　やっぱり、スキー……するの？」

風花は急に気恥ずかしくなったのか、ぎこちなく視線を動かしながら白々しく話題を変える。

俺はその質問に少し考え込む。すぐに名案が閃《ひらめ》いたが、彼女へは黙って笑いかけるだけに留めた。

数十分後――。

「きゃー！　あははっ！」

ゲレンデに風花の楽しげな笑い声が響く。彼女の様子を見て、俺は満足していた。

あのあと、当初の予定通りにスキーリゾートに滞在することに決めた。しかし今、俺たちが楽しんでいるのはスキーではない。スノーチューブで遊んでいるのだ。

スノーチューブとは大きな浮き輪のようなもの。自分たちで一定の高さまで山を登り、そのスノーチューブに乗って滑るという遊び。そり滑りみたいなものだから子ども向けの遊びかと思う人もいるかもしれないが、これが案外大人も多い。

ここの施設では年齢制限を設けているコースもあり、十歳以上のコースは傾斜が少々きつい部分があったり小さなでこぼこがあったりと、大いに盛り上がる。

と、経験者のように言ってみるが、実際に体験したのは今日が初めてだ。

「うわっ」

「きゃあ」

予期せぬ動きと回転するスノーチューブに翻弄され、つい声を出してしまう。風花はどちらかというと〝つい〟ではなく、〝あえて〟声をあげて楽しんでいるみたいだ。

最後はスノーチューブ同士が軽く衝突し合い、失速して止まった。風花は空を仰ぎ、飽《あ》きずに弾んだ声で笑う。

「あー、おかしい！　大人になってからもチューブ滑りって楽しいんだね。これだけ環境が整っているからかな。いろんなコースがあるし」

「風花を見てたら俺まで童心に返った気分」

「ふふっ。はあ。本当、こんなふうに思いきり笑ったのって久々かもしれない」

清々《すがすが》しい横顔を見て、同調した。

お腹を抱えて楽しそうに笑う風花は初めて見る。イブの夜はとても同一人物とは思えないほど哀愁が漂っていた。だけど、やっぱりあの一枚の写真から受けた印象通り、彼女は豊かで温かい感情を持っているに違いない。

「おっと」

その時、踵《かかと》に衝撃を受けて振り向く。チューブがぶつかったのだとわかるも、無人で誰も乗っていなかった。すぐ近くを見ても持ち主らしき人が見当たらず、とりあえずチューブを拾い上げる。

「あ〜、上ってる途中で手を滑らせちゃったんだ」

風花の声で山側に目を向けた。途中まで上りかけていた男の子がこちらを見て、慌てて駆け下りようとするところだった。

「いい！　そこで待ってろ！　今持っていってやるから！」

俺がその子に向かって叫んだ直後、今度はセンターロッジ側から甲高《かんだか》い声が響いた。

「イヤ！　いかない！」

反射的に顔を向けると、三歳くらいの男の子が不機嫌そうにしていた。

その子の母親らしき人が疲れを滲ませながらも、やんわり諭《さと》す。

「でも、お兄ちゃんが上で待ってるから。ほら」

「ヤダ！　こわいもん！」

「怖くないよ。ママもお兄ちゃんも一緒だし。ね？　行ってみようよ」

懸命に笑顔で誘うも、子どもは「やーだー」とその場から動かない。

再び山を見上げると、先ほどチューブを落とした男の子が心配そうに母子を見ている。この母子は、あの男の子の母と弟だと直感し、声をかけた。

「あの。もしよければ、僕が上で待ってる子と一緒に滑りましょうか。ここ、未就学児は保護者と一緒に滑らなければならないので。もちろん安全には配慮します」

「え？　いいえ、でも……申し訳ないですし」

「その子も、一度お兄ちゃんが滑って楽しそうな姿を見たら、やりたくなるかもしれませんよ」

俺の提案に、女性はおずおずと返す。

「いいんですか？　じゃあ一回だけ……お願いしてもいいでしょうか」

「ええ。風花。ちょっと待ってて。俺行ってくる」

俺は自分のチューブを風花に預け、上で待つ男の子のところまで傾斜を上っていく。

それから結局男の子とは三回滑り、その後は弟も一緒になって初級コースをさらに三回楽しんだ。

女性と子どもたちに別れを告げ、チューブに腰をかけている風花の元へ急ぐ。

「ごめん。ひとりにして。ずっとここで見てるだけじゃ冷えただろう？」

「平気。春海さんこそ、お疲れ様。すごく喜んでたね。あの子たちのお母さんから聞いたんだけど、ご主人は長男くんとスキーの練習をしてるから別行動なんだって」

「ああ。だからか。母親ひとりでふたり見るのは大変だ」

「うん。春海さんが遊んでくれて、すごく感謝してたよ。それに、男の子たちがすごくいい笑顔だった」

そう話す風花の笑顔も眩しくて、なんだか得した気がする。

「春海さんって、子どもとの関わり合い方が上手なんだね。親戚とか知り合いに小さい子がいたりするの？」

「兄がふたりいるから、合わせて三人の甥と姪がいるくらいだよ」

「それでなのかな。ふふ、春海さんはいいお父さんになれそうだね」

風花がなんの気なしに言ったのはわかっていた。しかし、自分では決してそうは思わないせいで、取り繕うことができない。

「それは自信がない。他人の子どもはなにも考えずに接することができるだけだ」

思わずぽつりと吐露《とろ》してしまったが、もしも風花に掘り下げて追及されたら、どう返したらいいのか。

うっかりした失言に動揺していると、風花は突然後方を見て指さした。

「あ！　そろそろスノーラフティング行く？　スノーモービルにも乗る時間考えなきゃいけないもんね」

風花はいつも空気を読んで、さりげなく雰囲気に合わせた行動を取ってくれる。

無意識に風花をジッと見ていると、彼女は俺の視線に首を傾げた。

「……いや。風花はスキー以外なら積極的なんだな」

彼女を見ていたのを咄嗟にごまかし、今度はこちらが話題を変えた。

「え？　積極的っていうか……敵情視察って言ってたから。できるだけ多く体験して回った方がいいんだろうなと思って」

頭を悩ます素振りもなく、するりと口から出てきた理由に唖然とした。

彼女は、あくまで仕事の延長として俺に付き合っているだけ——。

その事実になんとも言えない気持ちになって視線を落とした、次の瞬間。

「と言いつつ、私は春海さんの仕事を忘れてしっかり楽しんじゃった。ごめんね」

彼女の長い睫毛が、いつしか降り出した雪でキラキラしている。ばつが悪そうに笑う様さえも輝いて見えて、たちまち胸の奥が熱くなっていく。

俺の勝手な想像でしかないが、風花は置かれた状況に苦しみ悩んでも決して他人のせいにせず、ちゃんと自分で気持ちを整理して一歩ずつ進んでいく人だと思う。

自分の足でしっかり立って、自分の意志で方向を決め、居場所を懸命に探して……。

逆境の中にも、今みたいにささやかでも楽しいことを見つけて笑っている。

俺は彼女のそういう健気《けなげ》で強い部分に惹かれ、彼女になにかあった時には一番に手を差し伸べ、守りたいと思った。

「いや。風花ひとりじゃない。俺も仕事を忘れて楽しんでる」

そう言うと、風花はただ黙って柔らかく目尻を下げた。

想定していたよりも長く滞在し、午後四時になろうとしていた。

アクティビティ用のヘルメットを返却がてら、センターロッジの中にあるカフェで温かい飲み物をふたつ購入した。

外で待つ風花の元へ急ぐと、彼女はぼんやりと遠くの空を眺めている。おそらく、雲の合間から射し込む黄金色の夕陽に意識を引かれているのだろう。

その後ろ姿から、彼女がなにかに没入しているのがなんとなく伝わる。

彼女の世界を邪魔したくなくて声をかけずにいたものの、なにかしら気配が届いてしまったのか、ふいにこちらを振り返られた。

「おかえりなさい」

「ただいま。はい、これ」

「え？　わ、ありがとう。あったかーい」

ホットコーヒーを渡すと、彼女は赤くした指で受け取って相好《そうごう》を崩した。

「はー、美味しい～。温まる～」

俺は赤い鼻の風花を見て微笑むと、つい今しがた彼女が視線を向けていた方角を見て、おもむろに口を開く。

「君が時々ぼんやりとどこかを見つめているのは、カメラ越しの構図を模索《もさく》しているから？」

問いかけた途端、彼女は表情に翳《かげ》りを見せた。

思い返せば、この間カメラの話題に触れた時も同様の反応だった。それにより、彼女にとって触れられたくない話題なのだと、改めてはっきりわかった。

本来なら、彼女が空気を読んでくれたように、俺もさらりと流すべきだ。けれども、どうしても聞きたい。

彼女がどんなことを考え、どう感じて写真を撮っているのか。

風花の写真に魅入られた俺は、核心に触れられずにはいられない。

「やめたの。カメラ。だから、春海さんの気のせいだよ」

素っ気なく返す彼女は、どう見ても無理をしている。

「理由は知らないけど、なにも完全にやめる必要はないんじゃないか？　〝好きな時に撮る〟だけでもいいと思うのに」

なにに引っかかっていて、なぜ躊躇《ちゅうちょ》しているのかがわからないから、単純な質問をするしかなかった。

風花は両手を添えているホットコーヒーを見つめ、ぽつりと呟く。

「好きな時に撮る、か。……本当、それでいいはずなのにね」

なんとも言えぬ彼女の切なそうな横顔を目に映しているうち、気づいたら手を伸ばしていた。

冷えた頬に、かじかんだ指先を添える。どちらも冷えきっているのだからすぐに温かくなるわけもないのに、触れた箇所から熱が灯る錯覚を覚えた。

「ちゃんと言ってなかったな。俺、風花の写真が好きだ」

風花はとても驚いた表情で俺を見上げるも、すぐに俯いてしまった。

「ありがとう。そんなふうに言ってくれるの、友達くらいしかいなかったから。ちょっと照れる」

そして作り笑いでそう言って、飲み口から湯気が細く立ち上るコーヒーを飲んだ。

「あのたった一枚で心を動かされたんだ。俺は風花が感じている景色にもっと触れてみたいと思って、君を探し当てた」

俺がさらに真剣に伝えると、彼女は僅かに眉《まゆ》を顰《ひそ》める。

「どうしてそんなに。もっと素晴らしい写真家の人は大勢いるよ」

「有名だとか人気だとか、そういうんじゃない。俺の特別はあの写真だけだ」

「たまたまだよ。私の作品は今まで箸にも棒にもかからなかったんだから」

淡々と吐き捨てる言葉尻から、彼女の悔しさを微かに感じ取った。

「私はずっとファインダー越しに見える自分の世界を形にして、大勢の人とその景色の素晴らしさを共有するのが夢だった。それで、いつかカメラを仕事にして充実した日々を送るんだって強く願って、何度も試行錯誤《しこうさくご》して挑戦した……結果がこれ」

あきらめて、傷ついて――。

表情は笑っていても、そんな感情がひしひしと俺の中に流れ込んでくる。

俺はまるで自分のことのように悔しくなって、奥歯を噛みしめた。

芸術の世界に詳しくはない。しかし、世間に認められているものだけが正しいわけではないだろう。現に俺は彼女の世界感に魅了されたのだから。

「どこかの審査員のことは知らないが、俺の心には〝引っかかった〟。君の作品にひと目惚れしたんだ」

風花は唖然としたのち、困り顔でぎこちなく笑う。

「ふふ。今のはちょっと……ドキッとしちゃった」

軽く伏せていた瞼をゆっくり押し上げ、俺をちらりと見た。

「ありがとう。でも私はまだ、カメラを見ると苦しくなる。好きで始めたはずなのに、気づいたら〝好き〟の感情だけじゃなくなってる。純粋に目の前の風景だけを感じられない自分が嫌」

彼女は涙こそ流していないものの、声は震えていて懸命に堪えていた。

口角を上げて心で泣きながら、雲間から射し込む夕陽を眺めて呟く。

「どうして私は、実力も伴《ともな》っていないくせに『好き』を仕事にしたいって背伸びしてしまったんだろう」

イブの日になにか思い悩んでいたのは、これだったのか。

目の前の表情と記憶の彼女が重なる。

「ごめんなさい、今の全部ひとりごと！　えっと……とにかく、カメラは近いうち処分する予定だから、この話は――」

「ダメだ」

きつい口調で言葉を遮ると、風花は驚き固まっていた。

まだ風花と過ごした時間は僅かだけれど、時々どこかをジッと見る彼女の温かな眼差しが好きだ。風花のファインダー《瞳》越しに見える風景を想像すると、わくわくする。

そして、こんなことを思う。

あの視線が俺にも向いたらいいのに、と。

無意識にでも追いかけてしまうほどの意識を俺にも向けてくれたなら……そんなう

れしいことはない。きっと、いや絶対に心が満たされる。

「絶対に処分したらダメだ。俺がさせない」

好きなのに。大好きなのに、自ら手放す選択をする彼女の感情が手に取るようにわかる。しがみついても離れていってしまうなら、傷つく前に手放したいのだろう。

俺も昔、同じ感情を持っていて、大切なものをあきらめた。だから、そのあとにやってくる後悔の重みも知っている。風花には俺と同じような後悔はしてほしくない。

「ごめん。本当は知ってる。別荘に置いてある君のカバンの中にはカメラがあるってこと。車から荷物を運ぶ時に隙間から見えてた」

それなのに屋根裏部屋で彼女は『持ってきていない』と嘘を言うものだから、様子を見るためにあの時は追及しなかった。

「風花。君がカメラを手放すというなら、ひとまず俺に預けてくれ」

「え……」

君の大事な一部分を――。

4. 一歩、前へ

無心になって床を拭《ふ》く。

チーク材の無垢フローリングは艶があり、茶褐色が温かみと高級感を与えている。

今回、管理清掃を任されて初めて知ったのは、無垢材の床は基本的には水拭きせずに乾拭《からぶ》きがベストだということ。

私は木目に沿って広いリビングのフローリングを掃除しつつ、次はキッチンでそのあとは廊下を……と工程を頭の中で考える。でも、やっぱりどうしてもこの間の春海さんとのやりとりが脳内を占めてしまう。

あの日、別荘に戻ったら、春海さんは本当に私のカメラを預かっていった。

しまってある場所は、彼が使っている部屋にあるデスクの引き出し。なぜそれを知っているかというと、わざわざ春海さんが私の目の前でそこへ収納したからだ。

『気が向いたなら、いつでもここから出していいから』とひとこと添えて。

正直、処分すると宣言したものの、実行できるか不安だった。やっぱり心の奥底には未練がある。しかし、いつでも手に取れるところにカメラがあるのは苦しかった。

だから、彼の提案は今の私にとって最善だったのだとあとから気づいた。

あの時、『俺に預けてくれ』と真剣に言われ、やめる決意が一瞬揺らいでしまった。

そして、彼にカメラを手渡しながら、得も言われぬ感情で胸がいっぱいになった。

なぜ一大決心をして長年の夢を捨てようとしている時に限って、私を肯定し全力で支持してくれる人が現れるの。

これまで、数えきれないほど壁にぶち当たり、悔しくてつらくて落ち込んできた。そのたび自分で慰めてはまた起き上がり、挑戦する。その繰り返しだった。

唯一、涼には時々抱えていた悩みを聞いてもらっていたけれど、それも本当に数える程度。一緒に上京して頑張って、一歩ずつ着実に進んで行く親友を見ていたら、自分が情けないと思う気持ちの方が強くなってしまって素直に甘えられずにいた。

だから、あの日春海さんが真剣に私の写真を求めてくれたことがうれしく、また戸惑っている。

あの頃に同じような言葉をかけられていたら……。

そんな無駄な想像をして、軽く首を横に振る。『～していたら』なんて仮定、現実では無意味だ。

それにしても、なぜ彼はあそこまで支持してくれるの？　彼の肩書きを知っているから、審美眼《しんびがん》が磨かれていそうな気はする。素晴らしい人や作品に触れる機会が多くありそうな彼が、あそこまで私の写真を絶賛《ぜっさん》してくれるのはどうしてなのか。

フローリングを見つめて考え込んでいると、廊下からカチャン、と音が聞こえた。

え……今の音って……？　私、春海さんが仕事に行ったあと、鍵閉めたよね？

次の瞬間、リビングに誰かが入ってきた。恐怖で震えそうな手に力を込める。

私は雑巾《ぞうきん》を握りしめ、侵入者の正体に目を向けた。

「きゃーっ！」

「わっ」

相手が先に悲鳴をあげ、つられてこちらも声を出してしまった。萎縮《いしゅく》して肩を窄《すぼ》めながら見ると、立っているのは私と同じくらいの年代の女性だった。

彼女は私に対する恐怖に肩を震わせつつ、威嚇《いかく》してくる。

「だ、誰なの！　ふっ、不法侵入！　警察っ」

警察!?　それは困る！

スマートフォンを操作する彼女に向かって口を開く。

「まっ、待ってください、私は久織春海さんの」

咄嗟に彼の名前を出したが、効果があったようで彼女はスマートフォンから視線をこちらに戻した。

「久織春海の……なに？」

やっぱり、春海さんの知り合いなんだ。そうとわかれば、きちんと説明さえすれば通報されたりしないはず。

私は気持ちを落ち着かせて、ゆったりとした口調を心がける。

「従業員です。この別荘の管理を任されています、北守です」

「従業員？　別荘管理って……」

彼女は訝しげにこちらを見たあと、私の手の雑巾に目を留めた。エプロンを纏い雑巾を握りしめている出で立《た》ちを目の当《ま》たり《あ》にして、納得しかけているらしい。

このチャンスに少し話しかけてみようと考え、おずおずと質問する。

「あの、失礼ですがあなたは……？」

彼女はピシッと背筋を伸ばし、凛《りん》として答えた。

「私は傳明紗理奈《でんめいさりな》。『傳光《でんこう》エージェンシー』に勤務してます。ご存知かしら？」

「は、はい。もちろんです。国内トップの広告代理店ですし、実は私、以前御社の子会社に派遣されていたこともありましたので」

傳光エージェンシーとは国内での広告代理店の中で群を抜いた存在で、売上高はもちろんのこと、国内外問わず多数受賞歴があり大手も大手だ。

「そうなの？　じゃああなた、東京の人？　どうして北海道に」

紗理奈さんは、警戒心をやや緩めた調子で聞いてくる。

地元がこっちで今年から戻ってきたのだと説明すると、そこからさらに質問攻め。主に春海さんとどういう知り合いなのか、ここの管理を任された経緯《けいい》はどんなものなのか、と事細かに尋ねられた。

それに対し、イブの日のあれこれまではさすがに答えられるわけもなく、うまく濁《にご》しつつ偶然バーに居合わせた流れで顔見知りになったと説明をした。

そして、札幌で再会したあとのことは、ほぼ事実をそのまま話す。

すると、彼女は腕を組んで軽く頷いた。

「話の流れは大体わかったわ。それにしても、あなたここへ週に何回通っているの？　表に車はなかったし、まさか毎回タクシーで？　それとも家族が送り迎えしてくれてるのかしら。このあたりは雪が多いから本当に大変ね」

「あ、住み込みで働いているので。通勤の大変さはないんです」

「は？　住み込み？　嘘！」

なんの気なしに答えたら、ふいに強めの口調で返されてしどろもどろになる。

「ほ、本当です。二階のひと部屋をお借りしていて」

「そうなの？　ハルったら。年末年始に顔も出さないで、そんなことしてたなんて」

春海さんを『ハル』と親しげに呼ぶ彼女をこっそりと観察する。

上質そうなベージュのファーコートを脱いだ彼女の服装は、細身の黒いパンツと落ち着いたブルーのセーター。シンプルゆえ、スタイルのよさが際立っている。

よくよく見ると、手にしているバッグはハイブランドのもの。ピアスや腕時計もなんだか輝きが違って見えるから、おそらくバッグ同様高価なものに違いない。

彼女の立ち居振る舞いや服装などから察するに、もしかすると彼女も春海さんと似た環境下で生まれ育った人なのかも。

彼女はひとりがけソファに腰を下ろし、優雅に足を組んだ。

「私とハルは幼なじみ。同い年で高校までは学校も一緒だったのよ。小さい頃から家族同士の交流があるから、もはや親戚みたいなものね」

「ああ、幼なじみなんですね」

……ん？　待って。彼女、『デンメイ』って名乗っていた。まさか、傳光エージェンシーの『傳』と同じ漢字で書くんじゃ……。そうだとしたら、彼女は傳光エージェンシーのご令嬢？

「勘違いでしたらすみません。デンメイさんの名字は傳光エージェンシーと同じ漢字を書かれるのですか？」

「ええ。傳光という社名は傳明家の創始者が名字から一字取ってつけたらしいの」

「じゃあ、やっぱり傳明さんは」

目を見開くと、彼女は自慢げにするでもなく、至って普通に回答する。

「傳光エージェンシーの今のＣＥＯが私の父。説明不足だったわね」

勘違いじゃなかった。やっぱり彼女はあの一流広告代理店の社長令嬢だったんだ。

事実が判明すると、わけもなく緊張感が増す。

「それはそうと、今ハルが寝泊まりしている場所を知ってるなら教えてほしいんだけど。ハルのお父様からの話で、てっきりこの別荘をホテル代わりにしてると思っていたのに。あなたがここに住んでいるのなら、彼はどこを利用してるのかしら」

彼女はスマートフォンを出し、こちらの返答を待っている。多分、宿泊先をすぐ検索しようとしているのだと思う。そう予想すると、なんだか事実を告げづらい。けれども嘘は言えないので、小声で返した。

「あの、それ……合ってます」

「え？　どういうこと？」

「えっと……春海さんも、ここで生活しています……」

次の瞬間、彼女はフリーズし、ワンテンポ遅れて反応する。

「ちょっ、え!? 待って！ あなたもここに住み込みで働いてるって……なら、ここでふたりで暮らしてるの!?」

「へ、部屋は別ですから！」

「だとしても、同居生活ってことじゃない！」

慌てて補足するも、間髪《かんぱつ》を容《い》れずに返された言葉は紛れもない事実で、反論の余地はない。春海さんとは男女の付き合いがあるわけではないものの、一度身体を重ねた事実はあるため、なんとも言えない罪悪感が湧き上がった。

視線を落としていると、正面に座っている彼女がぽつりと漏らす。

「信じられない」

恐る恐る彼女に目を向ける。怒っているのか、呆れているのか。彼女の感情を正確には感じ取れないが、確実に言えるのは、それは喜びではないということだ。

彼女は真っ暗になったスマートフォンの画面を見つめ、語り出す。

「ハルって近寄りがたいでしょう？ バリアを張ってるっていうか、常に人を拒絶している雰囲気。あれ、昔からなの。家族の前でもそういうところがあって」

バリア？　そうかな？　確かに近寄りがたいオーラはあるけれど、それは彼の整った容姿が大きな理由であるような気がする。それに、拒絶されるどころか、むしろ春海さんの方からグイグイと来られたような……。だけど、彼女が嘘をついているとも思えない。第一、嘘をついてもメリットもないだろうし。

彼女の口から語られる春海さんは、私の知る彼とは少し違っていて、不思議な気持ちになりながら、続く言葉に耳を傾ける。

「ハル、兄弟に対しても一線引いてて、唯一、歳が同じ私が身近な存在っていうかね。だから、私がここへ来たのも久織のお父様公認よ」

彼女はバッグから別荘のキーを取り出し、こちらに見せる。

私には幼なじみっていないから感覚がわからない。たとえるなら、学生時代から仲のいい涼が私にとっては幼なじみみたいなものかな？　でも幼なじみって、こんなふうに、わざわざ遠方まで会いに来たりするのは普通なのだろうか。だって、相手のお父さん直々に頼まれて……なんて。

幼なじみよりも、婚約者とでも説明された方がしっくりくる。

「さてと。どうしようかしら。今、ハルに連絡すると『帰れ』って言われそうな予感がするのよね」

紗理奈さんは再びスマートフォンを操作し、連絡先から春海さんの名前を選択しつつも、カチッとサイドボタンを押して画面をスリープモードに切り替えた。そして、私を見上げてニコッと微笑む。

「協力してくれる?」

こんな場合のマニュアルなど用意されているはずもなく、単なる住み込み従業員の私にはどうすることもできない。

結局悶々《もんもん》としながらも、彼女の言うことに従うしかなかった。

今夜のメニューはアサリの炊き込みご飯と豚汁にしようと予定していたが、紗理奈さんのひと声でクラムチャウダーに変更を余儀《よぎ》なくされた。急遽《きゅうきょ》変わったメニューに合わせ、豚肉のロールカツとサラダを用意し、「ふう」とひと息つく。

その時、外から車の音がした。

「帰ってきたみたいね」

紗理奈さんも春海さんの車の音に気がついてソファから立ち上がり、カーテンの隙間から外を確認する。そのあと、キッチンにいた私の隣までやってきた。

「いい? 風花さん。私の味方、よろしくね」

こそっと念を押され、致し方なく小さく「はい」と返す。

春海さんの口から直接紗理奈さんとの関係を聞いていない以上、冷たくあしらうことなどできないし、現状、彼女の言う通りにするしかない。

するると、ついに春海さんが玄関を開けてリビングへと近づいてきた。

「ただいま」

いつもであれば手を止めて「おかえり」と伝える場面だけれど、今日はその役目を果たすのは紗理奈さんだ。

「おかえり、ハル」

私は洗い物の手を止めて振り返り、春海さんの反応を窺った。

「紗理奈？　玄関の靴、誰のかと思えば……お前なんでここに」

彼は驚いた声を出していたものの、彼女の突然の来訪にそこまで衝撃を受けているようには見えない。

「それは自分の胸に手を当ててよく考えてみたらどう？」

紗理奈さんの言葉に、春海さんはなにも答えず洗面所へ足を向ける。

彼女はマイペースに一度この場を立ち去る春海さんの背中を見て、腕を組んで頬を膨らませていた。そして、数分後に戻って来た春海さんに前のめりで詰め寄る。

「もうっ。今年もお母様は欠席だったのは知ってたでしょ。年に一回あるかないかの交流じゃない！」

お母様が欠席っていうのは……話の流れからいくと、春海さんのお母さんってことだよね？　いったいどういうことなんだろう。なんだか気になってしまう。

「年末年始はずっと忙しかった。それだけ。その程度の理由で、わざわざこんなところまで来るなよ。もうガキじゃないんだから」

推察するに、年末から年始にかけてどこかのタイミングで紗理奈さんを含めた集まりがあったとか？　それに春海さんが出席しなかったから、紗理奈さんは怒っているのかもしれない。

洗い物も終えて、あとは料理をテーブルに運ぶだけになった私は身の置き場に困り、なるべく存在感を消すようにしてふたりの様子を窺っていた。

「来るなって言われても現実にはここに来ちゃったわけだし、この時間ならもう『帰れ』って言えないわよね。私だって、このあたりは夜になると暗くて特に冬なら移動は危険だってことくらい知ってるわ」

強気に出る紗理奈さんを前に、春海さんはため息をついて項垂れた。

「仕事はどうしたんだよ？」

「ずっと働き詰めだったし、少し遅めの冬休みをもぎ取ったのよ。今日から一週間」

「はあ？　まさか一週間ここに居座る気か」

「あら。ダメなの？　部屋はあるんだし、すでに北守さんがいるならひとり増えるくらい問題ないでしょ？」

「ダメだ。彼女の負担が増える」

会話がテンポよく交わされ、最後にふたりの視線がこちらを向いた。

「え。いや、私はそんな……大丈夫ですが」

まだ一週間程度しか働いていない私に、ここで意見を求められても。

たじろいで曖昧《あいまい》に返したら、紗理奈さんがニコッと微笑みかけてきた。

「ほら。彼女もこう言っているわ」

「彼女は気を使っただけだ」

「食事は自分で手配するし、共有スペースは汚さない。ね、北守さん」

紗理奈さんは私から攻めれば押し通せると踏んだらしく、今度は明らかに私だけに意見を求めてきた。

「はあ……。あ、それこそ食事は二人分も三人分も変わらないので、もしよければ用意はしますが。あとはやっぱりここは春海さんの別荘なので、決定権は彼に……」

こういう時にどう対応するのが正解なのかがわからない。

すると、紗理奈さんは目を丸くした。

「二人分って。まさかハル、北守さんにそんなことまで？」

彼女の反応を受け、ギクッとする。

別荘管理で契約しているのに、食事の用意までとなれば不自然だったかも。家政婦でもないのに変に思われて当然だ。

「あの、自分の食事のついでにどうですかと、私から提案したんです」

慌ててフォローするも、紗理奈さんは衝撃を受けたまま。

「いえ……北守さんから言ったとしても」

「俺、風呂《ふろ》に入ってくる」

話を中断するように、春海さんはひとこと残してバスルームへと行ってしまった。

「あっ。また逃げられた。まったくもう」

再び紗理奈さんとふたりきりになり、気まずい思いを抱える。

彼女はどうやら私と違って、気まずさなど感じていないみたい。ごく自然体の様子で、春海さんが去った方向を見てぼやいていた。そうして、くるりと身体を回し、もう一度私と向き合うなり口を開く。

「ねえ。あなた、本当にたまたま東京で知り合っただけの人？　ハルが誰かに……女性にそこまで甘えるなんて、今まで聞いたことない」

「甘える!?　や、ただ食事を一緒にとるくらいで、あとは別に」

どちらかというと、甘えているのは私の方なんだけど。短期とはいえ、仕事のほかに住む場所まで用意してもらっているし。

「食事だけじゃないでしょう。お風呂も沸《わ》かして……。もしかして、ハルの部屋も掃除してるわけ？」

「えっ……は、はい。ほとんど散らかってないので、さらっとですが。清掃が仕事なので、全部屋回ります」

私の反応に、紗理奈さんは言葉を失うほど驚いているみたいだ。

ふいに、昼過ぎに彼女が突然やってきた直後、話していた内容が頭の中に蘇った。

紗理奈さんにとって、春海さんが近寄りがたく相手を拒絶するタイプだと思っているのなら、私の彼との距離感は信じられなくもなるだろう。

彼女が驚くのと同様に、私だって同一人物の話だとは思えない情報に驚いている。

そもそも彼女は春海さんと幼なじみと話してはくれたけれど、本当にそれだけの関係を理由に、はるばる北海道までやってきたっていうの？　もっとなにか、深い繫がりがあるんじゃ……。

視線を落として考え込んでいたら、紗理奈さんが一歩私に近づいた。

「私、元々本気で一週間泊まる気はなくて明日にでも帰ろうと思っていたけど、北守さんに興味湧いた。数日お世話になるわ。よろしくね」

彼女の表情は笑顔だったもののこれまでの言動に謎が多く、今も真意がわからずモヤモヤする。

それでもやっぱり決定権は私にはないから、ぎこちなく頷くしかできなかった。


三人で夕食をとり、春海さんと私はいつもよりも早くそれぞれ自室に入った。

食事中は紗理奈さんが中心となって話をしていた。春海さんはほとんど喋《しゃべ》らず、黙々と料理を口に運ぶだけ。代わりに私が相槌を打ったり、時折質問を挟んだりした。

紗理奈さんは悪い人ではなさそうだけれど初対面だし、さっきふたりきりになって以降、なんだか観察されているような気がして疲れてしまった。よほど、春海さんの近くにいる私の存在が不審なのだろう。まあ彼女の立場になって考えたら、確かに幼なじみに急激に距離を縮めている女性がいたら、心配になるのも想像できる。

ベッドに横たわり、天井を仰いで息を吐く。

今夜は紗理奈さんだけでなく、春海さんに対しても若干気を使ってしまった。だって、ふたりで過ごしていた時と雰囲気が違いすぎる。紗理奈さんに対し、話しかけるなっていうオーラ全開だったんだもの。

もしも私があんなふうに接されたら……ちょっと傷つく。

気持ちを切り替え、明日の天気予報でも確認しようと寝ながらスマートフォンを手に取る。ふとウィジェットが目に入り、半分無意識で指を置いた。すると、過去に撮影した画像がスライドショー形式で展開されていく。

どの画像も思い入れがあるものばかり。こういうのも、いつか懐かしい気持ちだけで眺められるようになるのかな……。

その時、ノックの音が聞こえ、私は勢いよく起き上がった。ドアに歩みを進めながら、春海さんか、それとも紗理奈さんかと思考を巡らせる。

返事とほぼ同時にドアを引くと、立っていたのは春海さんで内心ほっとした。

「今、ちょっといい？」

「うん。あ、紗理奈さんは……」

「紗理奈は入浴中。ふたりになったら謝らなきゃと思って」

彼が謝罪する理由は察している。紗理奈さんのことだろう。

だけど、今日ふたりのやりとりを見ていて、春海さんも知らされていない突然の来訪だったのはわかっている。それにもかかわらず、彼の謝罪を素直に受け入れられない自分がいた。

「謝るって私に？　なぜ？」

私の素っ気ない返しに、春海さんはばつが悪そうに首の裏に手を置きながら答える。

「紗理奈が一週間居つきそうだから……。あいつ、昔からこうと決めたら周りの意見なんかお構いなしって性格で」

春海さんは悪くないだろうし、そもそも私に気遣う必要はない。

頭ではそう思っているのに、焦燥感がふつふつと込み上げてくる。

「そう、ですか。私は住み込みの従業員でしかないので、雇い主であるあなたが誰を受け入れてどうしようが従うだけです。なので、どうぞお気になさらず。では」

敬語を使うなんて、わかりやすすぎた。

彼の視線に耐えきれなくなって身を翻《ひるがえ》そうとしたら、腕を掴まれた。触れられた瞬間に身体がビクッと反応して、手に持っていたスマートフォンが足元に落ちる。それを春海さんが拾った。

ディスプレイには、さっきまで見ていたスライドショーの最後の一枚が映し出されている。なんの変哲もない、よくある友人との写真だ。ただし、専門学生の頃のもので、私が撮影したため自分は写っていない。

彼は手元に目を落としたまま、スマートフォンをこちらに差し出した。私が「ありがとう」と呟いて受け取ると、ぽつりと言われる。

「今度、スマホでいいから俺を撮ってよ」

衝撃的な発言に固まって、思わず春海さんを凝視した。

「え……なんでそんなことを」

意味がわからない。春海さんはなんとなく、被写体になるのを嫌がりそうなタイプだと思っていたから余計に混乱する。

私は真意を探る気持ちで彼を見つめ続ける。

「被写体になれば、君がまっすぐこっちを見てくれる気がして。それで、いつか今預かっているカメラで写真を撮って、俺に見せてほしい」

途端に顔が熱くなる。言い換えれば『自分を見てほしい』という意味に取れる。つまり、多少なりとも私に対して特別な感情を抱いていると、そう捉えてしまった。

その期待に踊らされるまいと、心の中で釘をさす。

「春海さん。私を過大評価しすぎ。写真なら、世界中にもっと素晴らしいものを撮れる人がいるから」

「俺は風花がいいんだ」

春海さんは再び私を捕まえると、真剣な瞳でそう言った。

心臓がうるさい。彼の熱い視線を前にすると、さっき戒めたばかりの〝期待〟がぶり返される。だって、こんなふうに情熱的にぶつかられたことなんてないから。

自分の胸がドキドキしていると気づくとさらに心拍数が上がって、声も発せなくなる。ただ、彼の瞳に映し出されている自分を見つめるだけ。

「誰がなにを素晴らしいと感じるかは個人の自由だ。俺は風花といるとすごく――」

「ハルー？」

突然の呼び声に肩をビクッと大きく震わせ、春海さんから離れた。バクバク騒ぐ心臓を懸命に抑えつつ、声がした方向に目をやった。

「紗理奈さんが呼んでる。じゃあ、私はもう寝るから。おやすみなさい」

春海さんの返答も待たずに、私はドアを閉めて背を向けた。

ドアを一枚隔《へだ》てた向こう側にまだいるであろう彼を気にして細く長く息を吐き、静かにその場にへたり込んだ。両手を重ね、左胸をグッと押さえる。

全力疾走したあとみたいな動悸。喉もなぜかカラカラだ。

一点を見つめ、呼吸を整える。ぎゅうっと目を瞑ると、春海さんの声が蘇った。

『風花といるとすごく――』

「……びっくりした」

心の声が無意識に口から零れ落ちた。

さっきの春海さんの言葉の続きは、決して悪い意味合いではないことくらいわかる。

春海さんが自分を特別に扱ってくれていると認めた途端、頬がカアッと熱くなって恥ずかしさが込み上げた。

私、これじゃあまるで、春海さんのことを……。

おもむろに、掴まれた腕に残る感触を確かめる。

その夜、私は彼のことが頭から離れなくて眠れる状態ではなかった。

翌日。寝不足だったものの、周囲には……特に春海さんには、それを気づかれないようめずらしく念入りにメイクをした。

今日は穏やかな天候だ。窓の外を眺めてそんなふうに思いながらサッシを丹念《たんねん》に拭き取っているそばで、紗理奈さんが流暢《りゅうちょう》に話をしている。

「ハルは学生時代からモテてたのよ～。そのせいでトラブルが絶えなかったわ。あ、もちろんハルに原因はないの」

彼女は清掃をする私のあとをついてきては、ずっとこの調子。

春海さんはもちろん今日も仕事。だから必然的に紗理奈さんとふたりきりになるとは、昨夜からわかっていた。とはいえ、まさかこんなに四六時中くっつかれるとは思っていなかった。

「へえ。やっぱり人気があったんですね。容姿からして目立ちますもんね」

私は手を止めずに相槌を返す。

紗理奈さんは屋根裏へ続く階段に浅く腰をかけて、さらに続ける。

「そうなの。他校の女子生徒からも狙われて、出待ちとかされちゃって。だからハルは、女子ってだけで警戒心を持つようになっていってね。でも冷たい態度がまたいいって、ファンは増える一方で大変よ」

紗理奈さんは、春海さんの昔話を自分の武勇伝であるかのように自慢げに説明する。

春海さんが学生時代から女の子に人気だったのは理解できる。モテすぎて女性と距離を取り始めたんだ。なるほど。

だけど、さっきからどうして春海さんの話ばかり？　私と紗理奈さんの共通の話題は彼しかないのはわかるけれど、女の子に人気とか追いかけ回されたとか、そんな内容の話しか聞いていない。

なんだか胸が苦しくなっている現状に気づき、ハッとする。

これって、彼の過去に対する感情ではなくて、紗理奈さんの口から彼の話がスラスラ出てくるからなんじゃ……。まさか、春海さんと親しい彼女に嫉妬してる?

「私も私で、唯一ハルのそばに近寄れる女子だったから、やっかみも多くて。そんな時、助けてくれたのが――」

自分の気持ちに気づきかけた今、耳に入ってくる話題は素直に聞き入れられないエピソードであるような予感がして手を止める。窓の方向を見たまま、無意識に俯いた。

「小さい頃から習ってた空手なの。今も週に一回は道場にも顔を出しているのよ」

彼女の話の続きが、想像していたものとまったく違っていて拍子抜けする。

密かに安堵の息を漏らしていたら、いつの間にか紗理奈さんが立ち上がっていてこちらに近づいてきた。

「もうすぐランチの時間ね。私、ニセコに来たら必ずハルと行くフレンチレストランがあるのよね。どう? 北守さんも一緒に。あ、もちろん誘ったのは私だからごちそうするわよ。めちゃくちゃ美味しいの!」

紗理奈さんの誘い文句でぎこちなく顔を上げる。

正面から向き合った彼女は、やたらと柔らかな笑みを浮かべている気がして、うまく表情を作れない。

気づいてしまった。自分が彼女を過剰に意識しているわけを。

春海さんはここでの生活をスタートさせてから、帰宅前に《今帰るよ》的なメッセージを送ってきたことがない。

それについて、不満を感じてはいなかった。それだけ忙しいのだろうと想像がついたし、大体彼の帰りを待つのは業務内容に含まれていない。

けれども、なぜか今日に限って彼から一通のメッセージが送られてきた。

《いつもより早めに帰るから》と。

帰宅に関する初めての連絡は、私を複雑な気持ちにさせた。

これは、おそらく紗理奈さんが来たため起きた変化に違いないから。

そう考えながら、私はソファでスマートフォンを操作する紗理奈さんへこっそり視線を送った。

彼女からのランチのお誘いは、丁重に断った。心から楽しめないと思ったし、楽しむ余裕がなければ、料理もちゃんと味わえない。なによりそんなふうに食事をすれば、料理を作ってくれるお店の人にも、誘ってくれた紗理奈さんに失礼だと思って。

春海さんは紗理奈さんに対してドライな対応をしている。なのに、めげもせず積極的にコミュニケーションを取りに行く彼女の姿勢には感服《かんぷく》する。同時に、下世話ながら紗理奈さんの気持ちまで想像してしまった。

飛行機に乗る距離まで追いかけてきて世話を焼くのは、特別慕っているからこそできるんじゃないかな。なによりふたりのやりとりは、そばから眺めていて対等だとわかる。それだけ近しい間柄で似通った環境下にいる、特別な存在なのだ。

動かしていた包丁を休め、まな板の上をぼんやり見る。

私も、ある意味彼にとっての〝特別〟ではあるんだろう。あそこまで一心に私の写真に興味を示しているのだから。だけどそれは、あくまで私の撮った写真に対する思いだけ。私個人に興味を抱いているわけではない。

その事実をわかっているつもりなのに、胸がじくじくと鈍い痛みを抱えている。

いつの間にか、私にとって春海さんが特別な存在になっている。

ううん。いつの間にかというよりも、出会った日にすでに特別になっていた。

お酒の力はあったとはいえ、あの夜、弱っていた自分を曝け出して寄りかかれる相手は誰でもよかったわけじゃない。

さらに、たった一枚の写真を頼りに捜し、東京から遠く離れた札幌駅で、人が大勢いるにもかかわらず私を見つけ出してくれた。

初めは驚きと戸惑いが占めていたけれど、『自分の存在はなんてちっぽけなのだ』と落ち込んでいた時だったのもあって、すごく心が救われた。

刹那、私の作る料理を食べて笑顔を見せる春海さんが脳裏を過った。

ああ。私、彼の存在に救われているだけじゃなく、それ以上の感情を抱いている。

思わせぶりな言動に振り回されたくなくて、傷つきたくなくて、自分を守るために本心に蓋をしていたんだ。

「こっちは本当に飽きるほど雪が降るのね。天気予報、ずっと雪マーク」

スマートフォンで天気予報でも確認していたのか、紗理奈さんが突然ぼやいた。

私は調理の仕上げをしながら、当たり障《さわ》りない回答をする。

「そうみたいですね」

「やっぱり雪は、旅行で来てたまに触れるくらいでいいかな。北守さんも東京に慣れちゃってたら、きついでしょ」

彼女はそう言いながら窓際に移動し、カーテンの隙間から外の様子を眺めていた。

私は窓ガラスに張りついた雪を遠目に見て、口を開く。

「正直、身体はきついです。ずっと降り続ける日は、一日に何度も除雪に時間も取られるし。でも……今は無心になれるからいいかなって」

昔、こっちに住んでいた時期は時間もないから煩《わずら》わしさが勝っていた。だけど今、私にはあり余るほどの時間があり、その現状に戸惑い不安を抱えている。黙々と身体を動かす作業は、それらを一時忘れられるからすごく助かっていた。

一面の銀世界を瞳に映し出していると、なにも考えずにいられる。

「ふうん。あれ？　もうハルが帰ってきた。昨日より早いのね」

軽く受け流した紗理奈さんが、窓に顔を近づけて言った。

彼女の雰囲気から、今日は早めに帰宅する旨《むね》の連絡は私にしかしていなかったのだとわかる。浮つきそうな気持ちを引きしめて、急いで味噌汁を作り終える。

「ただいま」

「おかえり。雪大丈夫だった？　ハル、冬はここよりホテルの方が楽じゃない？　北守さんも、そう何週間も滞在する仕事内容ではないんでしょ？」

帰宅早々、矢継ぎ早に意見する紗理奈さんに、春海さんは不機嫌そうに即答する。

「彼女には別荘管理のほかにも別の依頼をしている。余計な口を挟むな」

〝別の依頼〟って……。

心の中で疑問符を浮かべていると、私よりも先に紗理奈さんが反応を示す。

「へー。別の依頼ってなんだろ。気になるわ」

その時、ハッと気づいた。

もしかして春海さんが言っているのは、昨日の夜のこと？　自分を撮ってって……いつか私の写真を見せてほしいっていう。

「彼女を困らせるな。っていうか、もう用はないんだろ？　早く東京へ帰れ」

「天気予報見た？　雪と風が続くのよ。怖いから飛行機に乗るのは天気のいい日にするわ。それに、私もほかに別の用事ができたの」

紗理奈さんはまったく動じず、最後は目をこちらに向けて言った。私は彼女の視線を受け流し、笑顔を作って話題を変える。

「あ！　春海さん、身体冷えましたよね？　先にお風呂で温まってきて、それから食事にしましょう」

「ああ。そうするよ。ありがとう」

春海さんは私の声かけで少し冷静になったのか、落ち着いた声で答えてバスルームへ足を向けた。彼の背中を見送りつつ、紗理奈さんの言葉を頭の中で反芻する。

彼女が仄めかした〝別の用事〟って……？

「そもそも、なんで北守さんはハルとそんなに親しげなの？」

突然、冷ややかな声音で問いかけられて、目を白黒させる。

「え？　いや、特別親しくは」

「まるで新婚の妻みたいな振る舞い。無職で焦ってたからってひとつ屋根の下に異性がいるのに住み込みとか、そこまでする？　……やっぱ、ハルを落としたいから？」

彼女が私を探っている雰囲気は何度か感じることはあった。しかし、ここまでストレートに品定めにも似た、ねぶるような視線を受けるとたじろいでしまう。

彼に対し、友人以上の感情を持っている。口には出せないけれど、それは認める。だからって、彼女の見解にはいささか納得がいかない。

確かに彼と再会した時、仕事がなくて焦ってはいた。でも、彼を利用しようだなんて、一度だって頭を過ったことはない。

「考えたこともありません」

「そう？　でも、やさしさで一応教えておくわね。ハルと結婚してもいろいろ大変よ。あのスペックの男性が夫だと、周囲から妻への探りも多いだろうし。なによりこれまでと生活がまるで違うから。パートナーならパーティーの同伴だって必要だしね」

急に捲し立てられ、唖然とした。彼女の中で、堪えていたなにかが切れてしまったように見えた。

彼女は立て板に水のごとく続ける。

「あと、ハルは母親とうまくいってないの。そうなると姑《しゅうとめ》問題も考えないと。きっと気を使って疲れるわよ」

お母さん？　そういえば、紗理奈さんがここへ来た時にも『お母様が欠席だった』とかなんとか話をしていた。内容に疑問は抱いたものの、私が首を突っ込んでいい話ではないと思ってなにも聞かずにいたけれど……。お母さんと不仲なの？

家族であっても、世の中いい関係の家族ばかりではない。だからといって、関係を修復するのが正しいかと言えば一概《いちがい》にそうとは言えないし、難しい問題ではある。

心の中で春海さんを気にかけていると、彼女は眉を顰めて口を開く。

「そもそも結婚自体、ハルの頭にはないわ。百歩譲って結婚したとしても、ハルは子どもを必要としない。母親との関係が不安要素になっているのよ。もし、将来的に子どもを産みたいのならよく考えてね」

将来についてはずっと思い悩んできたけど、そんなに先まで思い描く余裕はなかった。自分ひとりを支えていくためにどうするかだけで、今も精いっぱいだから。

ふと彼女の言葉に重みを感じ、質問する。

「あの……今のは、紗理奈さんの経験上のアドバイスだったり……？」

ふいに浮かんだ疑問で他意はなかったのだけれど、紗理奈さんは狼狽えた。

「なっ、ち、違っ」

家族との問題に気を使うとか、結婚とか子どもとか。いくら幼なじみでも、彼のいないところでそういう話をするって不自然。やっぱり彼女は春海さんのことを……。

ジッと彼女の顔を見ていたら、取り繕うのをやめたのか静かに語り出した。

「そうよ。長い時間一緒にいるんだもの。ハルを異性として意識したことだってあるわ。けど、今並べた問題が私にとっては重要だったし、なによりハルは本当の意味で誰にも……私にも心を開きはしないから、とっくにあきらめた」

彼女は身体を横に向け、壁に飾ってある絵画を見ながら言った。

「だから、今は本当に幼なじみとして関わっているだけ。せめてこれ以上、家族間で溝《みぞ》ができないようにフォローしたいって思うのは、幼なじみとしておかしくはないでしょう？」

好きな気持ちをずっと胸の内に秘めたまま、振り向いてもらえない虚しさはなんとなくわかる。

私も相手は人ではなかったけれど、四六時中考えても苦にならないほど写真が大好きで……最後まで片思いをしていたから。

カメラと触れ合うことは誰にも阻まれはしない。とはいえ、好きなものを認めてほしい欲求はどんどん大きくなっていくし、それなのに自信のある作品を評価されないのは、見向きもされていないのと同じでつらかった。

まったく同じではないけれど、彼女はそんな似た状況から自分自身の足で踏み出して前に進んだのだろう。

「独《ひと》りを好む気難しい彼にいつか特別な人ができるまで……ううん。できなくても、友人として幼なじみとして、鬱陶《うっとう》しがられてもそばにいようって思ってる」

「私は彼を気難しい思ったことはありません。それと、むしろひとりでいた私に寄り添ってくれたのは彼の方です」

紗理奈さんの気持ちに共感も同情もする。でも、彼女が説明する春海さんは私にとってはいつも別人で、違和感ばかりで同調できない。

私の反論に、紗理奈さんはさっきまでの威勢《いせい》を取り戻したらしい。軽く顎を上げ、気の強さを窺える強い眼差しではっきり言う。

「とにかく！　単なるミーハーな感情や名声や資産目的で近づいたなら、ちゃんと現実を見て。これはあなたのための助言よ」

彼女はそう言い捨てると、階段を上って行ってしまった。

あのあと、紗理奈さんは部屋に籠《こも》ってしまって一緒に食事はとらなかった。

春海さんとふたりで夕食を過ごしたけれど、なんとなく気まずい気持ちだったせいか、あまり食事が喉を通らなかった。春海さんは普通に接してくれていたのに。

食事と片付けを終え、お風呂に入った私は春海さんと顔を合わすことなく、そのまま自室に引っ込んだ。

紗理奈さんにはひと口では言い表せない感情がぐるぐるしているし、春海さんへも特別だと意識してしまったがゆえに、ぎこちない空気を出していたと反省している。

一歩進んで二歩下がる。ひとつ悩みが減ったらまた別の悩みが増える、そんな感じ。

カメラを手放す決意をして、同時に家や仕事からも離れた。そして、短期ではあるものの仕事が見つかり、ここから頑張っていこうと思った矢先に、恋愛問題を抱えることになろうとは。

「こんな話、誰にも言えない……」

小さく呟くや否や、はたと涼の存在を思い出す。スマートフォンを操作して、涼とのメッセージトーク画面を開いた。

最後にやりとりしたのは、元旦《がんたん》の《あけましておめでとう》だ。

涼、新天地で元気にやっているみたいだったな。忙しくて地元に帰る暇もないって言っていた。

時計を見ると夜十時。寝ているかもしれないし、起きていたとしても仕事しているかも。まずは現況を探るべく、負担にならないようなメッセージでも……。

そう思ってスタンプを選んでいる時だった。やや速いリズムのノック音が聞こえ、ひとりがけのソファから立ち上がると同時に返事をする。ドアノブを握ってドアを開けると、春海さんがいた。

「ごめん」

彼は謝るや否や、するりと部屋に入ってきた。まるでなにかに追われていて逃げているかのようで、私は思わず恐怖心に襲われた。

「え!? な、なに? いったいどうしたっていうの?」

まさか、強盗が侵入してきたとかではないよね? 怪しい物音はしなかったし……。

心臓がバクバク鳴っている最中《さなか》、春海さんは部屋を足早に歩く。私はまだ動揺が落ち着かず、ドアのそばで身体を硬直させていた。

「風花、こっち」

春海さんが声を落として手招きする。首を傾げながらも、まだ状況をよくわかっていない不安が大きくて彼のそばに急いだ。すると、手を伸ばされて引き寄せられる。

「ちょっとだけ俺を匿《かくま》って」

耳に吐息がかかる距離でささやかれ、咄嗟に片耳を押さえる。

「かっ、匿うって……」

「頼んだよ、風花」

彼はニッと笑って、ベッドの陰に上手に身を潜《ひそ》めた。

ここのベッドは、フレームやマットレスが大きくて立派で、かけ布団もふかふかしているから高さがある。案外長身の彼でもうまくごまかせるものだな、なんて感心したが、すぐに我に返り現状を整理した。

匿う理由は、言わずもがな紗理奈さんだろう。私たち以外にこの家には彼女しかいないのだから。

それは理解したけれど、無茶だ。一般的な家と比べ広いとはいえ、もしも隅々まで捜されたら見つかるに決まっている。

難題を前にして、心の中で『うーん』と唸る。その数秒後、ドアをノックされた。

「――はい」

「ねえ、ハル見なかった？」

案の定、春海さんを探している紗理奈さんからの問いかけに、平静を装って答える。

「あ、なんかさっき出かけて行きました。仕事の電話が入ったみたいで」

「仕事？　でも車あったわよ？」

鋭い返しに、内心たじろぐ。しかし、ここで動揺を露わにするわけにはいかない。

「ああ。今日夕食で一杯だけですがお酒を飲んでいたので、タクシーか仕事関係の方の車で移動したはずです」

「えっ。そこまでして？　この時間から？」

「勝手に話を聞いてはいけないと思ったので、ほんの少ししかわかりませんが、どうやら来週から現場で使う予定の資材が予定通り届かなさそうとかなんとか」

アドリブのわりに自然だったと自負していると、紗理奈さんも特に不審には思わなかったようだ。腕を組み、ぶつぶつとぼやく。

「まったく。どんな仕事にも言えるけど、納期がギリギリになるような仕事の仕方はダメね。わかったわ、ありがとう。こんな時間に悪かったわね」

うまくやり過ごせたと胸を撫で下ろし、背を向ける紗理奈さんをドア越しに見送る。すると、突然クルッとこちらを振り返った。

「そういえば、さっき言い忘れていたわ」

いきなり顔を向けられたのも驚いたけれど、彼女の顔つきが鬼気《きき》迫るものに見えて構えてしまう。

「ハルにはお母様の話は絶対にしないでね。すごくデリケートな問題なのよ。私も話題に出す時はしつこくしないし、タイミングやハルの機嫌を見ながらなの」

「……わかりました」

「もういい大人なんだし一度くらい歩み寄ったっていいと思うんだけどね」

紗理奈さんは最後にぽつりとひとりごとを漏らした。すぐに私の存在を思い出したのか、ハッとして取り繕う。

「あー、今の気にしないで。じゃ、おやすみなさい」

「おやすみなさい」

今度こそ彼女が立ち去り、別室に入っていくのを見届けて静かにドアを閉めた。

春海さんの頼みは達成されて終わったのに、その場から動けない。

どうしよう。『絶対にしないでね』と念を押された内容を、まるっと本人に聞かれてしまった。紗理奈さんは悪くない。ここに春海さんはいないと思わせたのは、私自身なのだから。

なんとなく強張った空気を感じ、彼の方を振り向くことができない。

このあと、どうしたらいいかと考え始めた時、後方に彼の気配を感じた。

私は反射的に肩を上げて瞼をきつく閉じる。次の瞬間、カチッという音と同時に、瞼越しでも部屋が暗転したのを感じた。

「え、な、なんで」

「念のため。もう寝てると思えば紗理奈も尋ねて来ないだろ」

目を開けても周りは真っ暗。辛うじて春海さんの輪郭《りんかく》はわかる。

「いや、でもなんかこれって」

ただでさえ秘密を共有して意識しているのに、暗い室内にふたりきりって……。

「シー。ここはドアが近いから聞こえる。奥に移動しよう」

肩に手を置かれ、低い声でささやかれた。彼はその手で私の腕を掴み、ベッドへ連れていく。れていく。その頃にはだいぶ暗闇に目が慣れ、物の形もはっきり見えていた。

ベッドを前に、変な緊張感に襲われる。

私にはムードがどうとかよくわからない。ただ現状から、彼と過ごした甘い夜をどうしても思い出してしまう。そして、胸の奥がきゅうっと音を鳴らし、掴まれている箇所が熱く感じた。

自分の中の恋愛感情は認める。でも、それとこれとは別問題。確かに一度身体を重ねはしたけれど、それが私と彼の関係をなし崩しにする理由にはならないし、絶対にしたくない。

「はい。座って」

ひとりで思い悩んでいると、春海さんはやさしい手つきで両肩に手を乗せ、私をベッドの脇に座らせた。それから彼自身はというと、ベッドの足元を回っていき、こちらに背を向ける形でベッドに腰をかけた。

「うまくいったな」

小さく笑いを零しつつ、背中越しに言われた。私は膝元を見ながら、ぽつりと返す。

「紗理奈さんをごまかすの、めちゃくちゃ緊張した」

「はは。悪い。でも、すごく自然な嘘だった。具体的な情報をさりげなく盛り込んで」

「本当は嘘なんかつきたくなかったのに」

口を尖らせて答えた直後、ベッドの上がギシッと沈んで心臓が跳ねた。首を後ろに回すと、至近距離に春海さんの顔がある。

「大目に見てよ。俺には必要な嘘だったから」

耳介《じかい》に触れそうな位置でささやかれる低い声に狼狽える。『離れて』と言い出せなくて、代わりに自分が少し横に移動して座り直した。

すると、マットレスに置いていた手を握られる。驚きのあまり、つい手を引っ込めて胸に当てて春海さんを凝視した。

「俺、さっき仕事で出て行ったばかりってことになってるから、しばらく部屋には戻れないな」

「な……っ」

「お願いだ。今夜、このまま一緒にいさせてよ」

それは、あの夜に私が彼に言ったセリフに酷似《こくじ》していた。

多分、春海さんは覚えていてわざと似た言葉を口にしたんだ。悪ふざけをしてからかって、私の反応を楽しんでいるに違いない。そういう一面があるということを、もう何日か一緒にいてなんとなくわかっている。

頭ではそう思っていても、気持ちがまだ落ち着かなくてすぐに返答できなかった。

「ふ。今日はあの時と逆だな」

彼が小さく笑った。

やっぱりからかっていたのだと安堵するのも束の間、なんだか春海さんの様子に違和感を覚えてジッと顔を覗き込んだ。

春海さんは私と目を合わせた途端、苦笑いを零す。それから、私と背中合わせに座り直し、静かに話し始めた。

「紗理奈からどう説明されたかは知らないけど、俺は母親を避けているんだ。子どもっぽいことしてるだろ？」

自嘲《じちょう》気味に同調を求められるも、私は頷きも笑い飛ばしたりもしなかった。

「よくわからないけど、それなりの理由があるからでしょう？」

「ん……どうかな。人によっては……いや。ほとんどの人には理解されないよ」

「理解されないからって絶対に間違ってるわけじゃないし、後ろめたさを感じる必要はないと思うけど」

悩みは人それぞれで、ある人にとっては大したことのないように思えても、当人にとっては深刻だったりする。

他人の悩みを百パーセント理解するのは難しい。だけど、私もつい最近大いに悩んでいたから、苦しい気持ちだけはきっとわかる。

それに、本当につらくて自分の価値を見失っていた時に彼は私を見つけ、認めてくれた。だから私も、まったく同じにできるとは思っていないけれど、ほんの少しでもなにか役に立てたら――。

しかし、私の気持ちとは裏腹にちらりと春海さんの横顔を覗き込めば、苦しげな笑みを浮かべているみたいだ。

その表情は、どうしようもないからというあきらめから来るもの？　それとも、私に対し、一線を引いてしまったのか。どちらにせよ、彼は触れられたくない、近づいてほしくないと思っているのかもしれない。

頭ではそっとしておいた方がいいと考えているのに、気づけば私は身体を完全に春海さんに向けて、口を開いていた。

「狡い。私だって、あなたに胸の内を曝したのに」

本来こういう流れだと、やさしく寄り添って広い気持ちで受け止める、そんな接し方が一般的なのかもしれない。もちろん私も寄り添いたいと思っている。でも、一周回って強気に出てしまった。

だけど、狡いものは狡いんだもの。春海さんはグイグイと押してきて、私の心の奥にあった本音を口に出させた。スキーリゾートでのことだ。

あの日、ずっとしまっていた暗く重い感情を半ば強引に触れられた。口にして誰かに聞いてもらうのはすごく苦しかったのに、それ以降は驚くほど心が軽くなった。

ひとりで抱え込んでいるよりも、受け止めてくれる人に聞いてもらうのが一番だって身をもってわかったから。

「確かにそうだ。フェアじゃなかったな」

春海さんがこちらを一瞥してすぐ、顔を背けた。瞬間、私はベッドの上に正座をして両手をつき、謝る。

「違う。ごめん。訂正させて。私が自分の話をしたからって、無理に話さなくてもいい。でも話してもいいかどうかって迷っているなら教えてほしい。あなたのことを純粋に知りたいと思ってる」

私は春海さんだったから本心を吐露できたわけであって、しつこく食い下がられたら誰でも話していたかと言われたらそうではない。それは彼にも言えることなのだから、狡くもなんでもなかったのに。

私の気持ちはすべて伝えた。あとは、春海さん次第――。

「参った。風花には出会った時から助けられてるな」

春海さんの纏う雰囲気がほんの少し和らいだ。ほっとしたあと、私に助けられているという言葉に首を傾げる。

出会った時からなら、春海さんじゃなくて私の方が助けられている。

「母親とは三歳の頃、離れ離れになってからまともに会っていない」

いろいろ考えるも、春海さんが静かに語り始めた途端にそんな疑問もすぐにどこかへ飛んでいく。

三歳からっていうと、まず浮かぶのはご両親の離婚。あとは考えたくないけれど、死別……。

私の思考を読み取られたのか、春海さんは補足する。

「両親は離婚してないし母は今も健在だよ。俺が幼い頃は仕事が忙しく、ずっと海外に滞在していた。今は昔ほど多忙じゃないらしいが、仕事が楽しいのか年の半分以上は国外あちこち飛び回ってると聞く」

まるでピンと来ない話に唖然とした。

「へえ……すごい人なのね……世界中で活躍しているなんて」

「昔と違って、今は父が参加するパーティーの同伴とか孫の誕生日とか、そういう時は戻ってきてるって話を人づてに聞くよ」

彼の話を聞き、内心首を傾げる。

「だったら、これまでに少しくらい会う時間はあったんじゃ」

彼はなにか理由があって避けているとしても、お母さんまでそうだとは考えにくい。

「春海さんは、お母さんに一度も会いたくは……ならなかったの？」

状況はわかったけれど、彼の気持ちがまだわからない。

おずおずと問いかけたら、春海さんは視線を落としたまま答える。

「四歳になった頃、俺は『母親に電話したい』ってごねて、一度だけ国際電話をかけさせてもらった。それで、母に『会いに行きたい』って言ったら、即答で断られた記憶が鮮明《せんめい》に残ってる」

私は思わず絶句した。

自分を受け止めてくれると信じて疑わず、両手を広げて駆け寄ろうとしたのに突き放される、そんな出来事……大人であってもつらいのに、子どもの頃になんて……。

「あの一度で幼い俺は心が挫けてしまった。もう期待するのをやめようと決めた。そうしたら、余計なショックを受けずに済むからってね。こう見えて臆病なんだ」

確かに、また次も断られたら……って聞くこと自体が怖くなる気持ちはわかる。

「それで、春海さんはお母さんのこと……嫌いになっちゃった？」

遠慮がちに聞いた質問に、春海さんは僅かに目を細めた。

「嫌いになるよりひどいのかもしれない。興味を持たないようにしてたんだ、母親に。子どもにとっての一年一年は本当に長かった。今なら全然平気なのにな」

言葉を失っていると、気を使ってくれたのか、春海さんは私の頭をそっと撫でる。

そして、まるで他人事みたいに穏やかな口調で呟いた。

「離れて暮らしいる間、何度もプレゼントだけ送られてきてたけど、俺はそんなものより母親の顔が見たかった」

「……っ」

当事者である彼は落ち着いた雰囲気なのに、私の方が自分の身に降りかかったことのように胸を痛め、涙を懸命に堪えていた。

「時間が経つにつれ、自分を産んでくれた母がこの世界のどこかにいるはずなのに、関わりがないっていうダメージは大きくなっていった。……自らそうしたくせに」

好きも嫌いもない〝無関心〟こそ、冷たく悲しい言葉はない。

自分の抱えている感情とリンクしたのか、想像力なのか。言葉でうまく説明はつかない彼の秘めた思いの一部分に触れた気がして、胸の内に様々な感情があふれ出す。

私は気づけば彼の背中に抱きついて、ぎゅうっと腕に力を込めていた。

「求められたい気持ちなら、私も一緒だったからわかる」

背中越しに懸命に伝えた。

澱《おり》のようなものが心の奥に沈み、痛みを抱えている人はあなただけじゃないと届いてほしい、その一心で。

彼の胸の前で交差していた腕に、手を置かれる。それを合図に腕をゆっくり緩めると、春海さんは身体をこちらに回し、私の左頬に触れた。

胸が早鐘を打つ。彼の息遣いや指の運び、ひとつひとつにドキッとさせられて感情任せに走ってしまいそう。

でも、恋人でもない相手とそういうことをするのは、あの夜だけと決めている。それなのに、彼の不思議な引力と自分の恋情に、今にも受け入れてしまいそうなくらい決意を揺らがされる。

顔が近づき触れそうになった瞬間、思わず下を向いた。すると、額を軽くぶつけられる。その体勢のまま、彼は言った。

「そう。一緒だよ。だから俺もイブの日、風花を放っておけなくなった」

「……うん」

イブの日。慰められているだけなら切ないし、惨《みじ》めだとも思ったかもしれない。

だけど、彼の腕はあの日も今も、温かくて心地がいいから。決して同情だけのものではないと感じて撥《は》ね退《の》けられない。

静寂が続いたあと、ふいに「ふ」と短い笑い声が耳に届く。なんだろうと思って額を離し、彼の目を覗き込むと微笑んでいた。

瞬《まばた》きも忘れるほど、とても柔らかな表情で……。

「そうしたら翌朝見つけた、あの写真。あれ、衝撃的だったな」

「よっぽど気に入ってくれたんだね。うれしいけど、あれだって結局選ばれなかったものなんだよ」

居た堪れない気持ちで答えた。

自分でとびきり気に入っている作品が認められなかった時は、得も言われぬ虚無感と絶望に襲われる。

今でもその感情に溺《おぼ》れてしまいそうなのを、寸でのところでグッと堪えた。

「正直言って、イブの日の風花の印象は『哀愁が漂ってる人だな』っていうものだったから、あの写真はミスマッチだった」

「あー、うん……自分でもそう思う。辛気臭かったなあって」

春海さんと会った時期は、人生で一番と言って過言ではないくらいどん底にいると思っていて、悲劇のヒロインみたいに恵まれない状況に酔っていた気さえする。

そして、そんな私をヒーローさながら救ってくれたのが春海さん。

夢と希望を持って乗り込んだ東京を、最後につらい思い出にせずに離れられたのは間違いなく彼のおかげだった。

あの日、心を軽くしてくれたことを思って胸が熱くなる。春海さんを見つめていたら、彼はおもむろに私の髪に触れ、耳にかけた。

「本当は子どもみたいにくるくる表情が変わるし、楽しそうに大笑いした顔もすごく可愛いのに」

予想だにしていない言葉が飛び出してきて、体温が急上昇する。

「あれは黄昏時《たそがれ》とでもいうの？　黄金色の空に白い雪が舞う、なんともいえないシーンが収められていて胸にじんわり来た。本当はバラすつもりなかったんだけど……俺、泣いたんだ。あの写真を前にして」

春海さんの衝撃発言に、一瞬で照れくささも吹っ飛んだ。

「おかしなやつだって思うよな。でも、なんだろう。長年拗《こじ》らせてきた俺の心の空虚にスッと入り込んできた……そんな感覚だったな」

春海さんは、本当に満たされたような、柔和《にゅうわ》な口調で話してくれた。

こんなふうに感じてくれる人がひとりでもいてくれたなら、私の努力も報《むく》われる。

その道の有名な人たちに選ばれなくても、たくさんの人の目に留まらなくても、たったひとり、私の写真を見て泣いてくれる人に出会えた奇跡を大切にしたい。

「春海さん……」

「俺の中にある冷えた心も、飢えて枯渇《こかつ》している心もどちらも理解してくれているような感覚になって。だから、あの写真を撮った君ともっと近づいてみたくなった」

暗がりでも近い距離だから、彼が莞爾《かんじ》として笑っているのがわかる。

温かい気持ちになりつつ、冗談交じりに問いかける。

「実際に近づいてみて、どう？」

『写真と撮った人間とでは、想像していた印象とは違うでしょう？』といった意味で投げかけたのだ。なのに、春海さんは悩みも迷いもせずに答える。

「俺がずっと求めてたのは、風花だったんだなって思ってる」

一変して、至極真剣な声と視線を送ってくる春海さんにどぎまぎする。

「えっ、いや……違うでしょ？　本当に求めているのは、お母――」

彼からパッと距離を取り、慌てて否定したものの、最後まで言い終える前に手首を掴まれる。

春海さんはそのまま私を引き寄せ、今度は正面から抱き留めた。

「母を心の奥底ではずっと恋しく思っていたと、俺に気づかせたのが風花だ。母はもちろん特別な存在だけど、風花は別格」

心臓をきゅっと掴まれた錯覚に陥った。好きな人に『別格』と言われると、こんなにうれしくなるものなんだ。トクントクンと早いリズムを刻む心音が、自分がどれほど彼に惹かれているのかを証明する。

私はそれを押し隠し、平静を装った。

「実は私もあの写真は別格で。写真って、こだわり出すと道具だけじゃなくて写真を撮りに行く場所についても詳しく調べるの。どの季節、どの時間帯に、どんな天気の日だといい景色が見られるかって」

「なるほど。闇雲《やみくも》に歩き回って撮るんじゃないなんて、プロと一緒だな」

抱きしめられているから、春海さんの声が頭のてっぺんから響いて全身に行き渡る。いっそうドキドキしてしまい、もしも今、顔を見られたら意識しているのが丸わかりだろう。そう考えたら、密着しているこの体勢がちょうどいいのかもしれない。

「あの日は春海さんが言った黄昏時を狙って行ったんだけど、雪が降る予報ではなかった。ラッキーだったの」

「へえ。天が風花の味方をしたってところか」

深みがあって柔らかく包み込むような落ち着く香りは、春海さんによく合っている。匂いも声も温もりも全部心地よくて、無意識に彼に身体を預けていた。我に返った私は、パッと離れて笑顔を作る。

「あ！　ああやって、天気のいい日に花が舞うように雪が降ることを風花《かざはな》って言うんだけど、私の名前と漢字が一緒なんだよね。ちょっとうれしい」

自分の動揺を落ち着かせるための雑談だったのに、春海さんは興味津々で頷く。

「そうか。イメージにぴったりだ」

心を解して丸くするやさしい声音に誘われ、身体が動く。

私はサイドランプに手を伸ばし、スイッチを押した。今、彼がどういう表情をしているのかと、無性に気になったのだ。

「なに？　どうした？」

春海さんは目を細めて照明から顔を背ける。

私はその間に、ベッドの上に置いていたスマートフォンを拾い上げ、ロック画面から直接カメラアプリを起動して春海さんに向けた。

「ん？　撮ってくれるの？　急だな」

突然の行動にもかかわらず、彼は笑って受け入れる。が、何度かシャッターボタンを押したものの、写真の出来栄《できば》えはしっくり来ない。

「さっきの表情がいい」

あれだけ悩んでカメラを手放した。自分が『撮りたい』と衝動に突き動かされるほどの情熱も、もう持ち合わせていないと思っていたから。

だけど今、春海さんの取り繕わない自然体の表情を目の当たりにして、『撮りたい』『自分の手で写真に残したい』と強い意志を感じている。

「それは難しいな。じゃあ風花が引き出して」

こちらの希望に春海さんは即座に切り返し、じりじりと近づいてくる。

「む、難しいかも。だって私、ずっと風景しか撮ってこなかっ……たも」

たじろぐ私を熱い眼差しで拘束して、瞬く間に吐息を感じる距離まで詰められた。

「キス……していい？」

こんな表現はおかしいかもしれないけれど、彼の言葉に下心は感じられなかった。

とはいえ急なお願いに緊張し、喉の奥が張りついて声を出せない。

その間に彼はそっと鼻先を寄せ、やさしいキスをした。

求めて求められるキスは、心臓が早鐘を打っているのに心は静かに満たされて、まるでゆっくり嵩《かさ》を増やしていく満ち潮みたい。

数秒後、彼の唇が離れていく。本心はもう少しと思っているのに、照れ隠しで裏腹な態度を取ってしまう。

「ま、まだ返事してないの、に――ンッ」

言い終えるや否や、再び唇を奪われる。

今度はさっきとは違い、やや力強いキス。そうかと思えば、軽く啄《ついば》んでは食《は》んでと、とてもじれったいキスの仕方を繰り返す。

そうしてまたキスがやんだので、もどかしい気持ちでゆっくり瞼を押し上げる。

「ダメだった？　目が『いいよ』って言ってた気がしたんだけど」

「ダメじゃ、ない」

小さな声で呟いて、春海さんのシャツの袖《そで》を握り、自ら彼に口づけた。

彼は初めこそ戸惑っていたみたいだったけれど、すぐに自分のペースに持っていく。

気づけばベッドの上に押し倒され、与えられる快感に酔いしれていた。

「ん……う」

徐々に呼吸が乱れるも、苦しさはまったく感じず彼に夢中になる。

どちらかが唇を離せば追いかけてを繰り返す。私が距離を取った時に、彼はこちらをじっくり見つめて口を開いた。

「好きだよ」

きゅんと鳴る胸を押さえ、口を引き結ぶ。

ストレートに言われて驚いた。だけど、『私も』とすぐに返せなかったのは、自分が思っている以上に彼を特別に想う感情が大きいと気づいたせい。

なにも答えられずにいると、春海さんはふわりと微笑んだ。

良心が痛む。だけど、感情任せに想いを口にできる年齢はとうに過ぎた。

目の前の春海さんを大事に思う気持ちもあるし、紗理奈さんの『よく考えて』『現実を見て』という助言も頭の隅に残っている。

彼の抱えている孤独を理解し、受け止めたい。でも、ちゃんと覚悟と責任を持って行動しなければいけない。

彼の立場、私の仕事、彼の悩み、私の将来——。

慎重に考えなければならないことは、山ほどある。大人になると、誰かの手を取る際にこんなに枷《かせ》があるなんて。

いろいろと考えすぎたせいか、彼の腕の中だからか、急激な眠気に襲われた。

春海さんに髪を撫でられるにつれ、瞼が重くなり、気づけば眠りに落ちていた。


翌朝、目を覚ました時にはもう春海さんは隣にいなかった。

カーテンを開けてもまだ薄暗い。時刻は午前六時になるところ。

着替えを済ませて静かに部屋を出たら、階下の洗面所を使って身支度する。二階の洗面所を使用すると、ふたりが起きてしまうかもしれないためだ。

元々メイクに時間をかけるタイプではない私は、実家に戻ってきてからというもの、よりいっそうメイクを簡略化している。UVカットのクリームにファンデーション。それくらいだ。女子力とは……と鏡の自分に問いかけて、苦笑する。

特段、魅力もない独り身の二十九歳の私には、この先どんな人生が待っているのか。もし今、彼の手を取る決断をするとしたら——。

仮に恋人になったとして、将来を考えた場合、難関が待ち受けている可能性がある。紗理奈さんが仄めかした通り、春海さんは子どもどころか結婚願望もない人かもしれないからだ。

自分はというと、今を生きていくのに必死だったし恋人もしばらくいなかったのもあって、その先の未来までゆっくり考えもしなかった。

結婚は絶対に必要とは思わない。そうかといって、したくないわけではないし、むしろ人並みに憧れは持っている。

歳を重ねるにつれ、だんだんと『欲張ってはいけない』と自分を諭す場面が増えた。でも、好きな人ができて想いが通じたとしたら……次のステップを考えるはず。

その際に、相手と方向性が違っていたら受けるダメージが大きい。もちろん、相手側だって戸惑うだろうし、徐々に疲弊《ひへい》していくに違いない。

こんなこと、始まってもいないうちから気が早すぎる。考えすぎだと冷笑されそう。勝手に想像して悩むくらいなら本人と話をすればいいというのも、わかっている。

だけど、現状は『好き』とは言われたものの『付き合おう』と言われたわけでもない相手に、結婚とか子どもとかそんな話題を振れるわけがない。なんなら、私自身、彼へ『好き』だと伝えてすらいないのだから。

一度考えるのをやめ、洗面台を拭きあげてからコートを羽織ってブーツに足を通した。ワイヤレスイヤホンを耳に装着し、スマートフォンに入っているアプリで音楽をかける。お気に入りの曲を聴きながらだと、除雪作業もあっという間に感じるのだ。

風除室は室内と比べてひんやりしていて、窓枠に沿って雪の結晶が張りついている。私はサポーターと手袋をつけながら階段を下りた。外に出ると、また一段と冷え込んだ風が頬を撫で、咄嗟に肩を窄めた。

凛とした空気は眠気や気持ちをシャキッとさせる。

私はスノープッシャーを手に取り、足元から奥へ向かって積もった雪を押していく。軽めの雪なら、スコップ面が横に長いスノープッシャーで押し出して一か所に纏めるとスムーズ。いちいち雪を持ち上げて運ばなくていいから負担も軽めだ。ただ、ここの敷地は広すぎるから、雪を纏めるのも数か所に分けた方がいい。

黙々と作業を始めて、約三十分が経過した。雪を集める作業が終わり、次にスコップに持ち替える。すると、イヤホンから流れていた音楽が突如止まり、電子音に変わった。着信だと理解して作業を中断し、手袋を外してポケットからスマートフォンを取り出す。

「えっ、涼!?」

意外な人からの着信に、思わず声を漏らした。イヤホンのボタンに触れ、応答する。

「もしもし？　涼！　どうしたの？」

そういえば、ちょうど昨夜、涼に連絡しようと思っていたんだった。向こうから連絡が来てびっくりしたのと同時に、以心伝心みたいでうれしくなった。

『おはよ。ごめん、朝早く……起こしたかな』

スマートフォンの上部を見れば、今は午前七時過ぎ。

「ううん。元々早起きだし。今日も六時起き。だけど、どうしたの？　急用？」

『仕事でリテイク指示が来て、急遽これから会社に行くことになって』

「え！　それは大変だね。ちゃんと休めてる？」

『うーん、なんとか。で、時間がなくてこんな朝に電話しちゃったんだけど。風花、昨日のメッセージなに？』

「メッセージ？」

再びスマートフォンを操作し、涼とのメッセージ画面を開くと、覚えのないスタンプを誤送信していた。しかも、よりにもよって〝HELP〟という文字が入ったもの。

これって……あ！　そうか。昨日の夜、春海さんが部屋に訪ねてきた時の弾みで、ディスプレイに触れちゃって送信されていたんだ。

「ごめん！　連絡しようとは思っていたんだけど、これは間違って送っちゃって」

『じゃ、これは本当に〝助けて〟って意味なわけじゃないんだね？』

「あ、うん！　危険とかそういうのはないから」

『じゃ、どういうのはあるの？　ていうか今なにしてるの？　まだ実家で休暇《きゅうか》中？』

涼の質問に、一拍《いっぱく》間を空ける。そのあと住み込みで働いていることと、雇い主と同居していること。今だけ、短期間その雇い主の幼なじみも一緒に生活をしていることを端的《たんてき》に説明した。瞬間、イヤホンから大きな声が飛び出す。

『はあ!?　それどういう状況？　風花、なにやってるの!?』

春海さんとの出会いまで話をしていないものの、涼の雰囲気から『その人を好きになった』とは到底言い出しにくい。

『その雇い主って、まさか男じゃないでしょうね！』

「えっと、幼なじみの人は女性だから！」

しどろもどろになりながら、いい歳して叱られないように言い訳する子どもみたいに返答すると、盛大なため息が聞こえてきた。

『風花。現実を見て、ちゃんと考えて行動しなよ。きついこと言って悪いけど、もう短期の仕事とかしている場合じゃないの、わかってるでしょ？』

「はい……。重々《じゅうじゅう》承知しています」

呆れられてもおかしくない状況にもかかわらず、涼の声色からはそういった感情は一切感じられない。涼は、純粋に私を心配してくれている。

「涼は昔からはっきり言ってくれるから頼れるし、カッコいいよね。だからいつも甘えちゃって。ずっと一緒だった分、余計かな。あー、恋しくなってきた」

苦笑交じりに返すと、涼はそれ以上厳しいことは言わず、いつもの緩い空気に戻る。

『まったく。今度有給使ってそっちに帰るから、久々に一緒に飲もう』

「うん。待ってる。あ。涼、出勤の準備して。じゃあね」

通話が切れたあと、イヤホンからはさっきまで流れていた音楽が再び聞こえ始める。

私はロック画面になったスマートフォンを一瞥し、空を仰いだ。

自分の息が漂い、すぐ消える。薄ら白い空に吸い込まれていくように。

そっと瞼を下ろし、涼の言葉を反芻する。同時に紗理奈さんも頭に浮かんだ。

『現実を見て』と、ふたりに言われてしまった。

零下の空気を吸い込んで、身体が冷えていく。けれども、胸に鈍い痛みを感じるのは、冷たい空気のせいじゃない。

視界を広げた途端に、背中全体が包まれた。驚いて振り返ろうとしたものの、しっかり抱きしめられていて身動きができない。イヤホンをしているせいで気配にまったく気づかなかったし、今も相手の声は聞こえない。

姿や声はわからなくとも、この逞しい腕と微かに届く香りの主が誰かなんてわかりきっている。わかっているうえで、胸が高鳴って即座に反応できずに固まっていた。

「おはよう、風花」

「お、おはよう」

イヤホンをしていても、耳のそばで低くささやかれた声は音楽の隙間をするりと抜けて耳孔《じこう》まで届いた。

昨日の今日でどんな顔をすればいいか、準備ができていなかったため、直接顔を合わせてはいなくても動揺する。後ろから腕を回されている体勢はそのまま。

沈黙すると大きな心臓の音が伝わってしまいそうで、どうにか会話を投げかける。

「あ……っ、昨日、いつの間にか自分の部屋に戻ってたんだね」

「ああ」

途中で片耳のイヤホンを外したから、さっきと比べて春海さんの声がより鮮明に聞こえ、ドキリとする。

「私、いつの間にか寝てて全然気がつかなくて……って、あの、これはなんで」

密着している春海さんを意識しているせいで、声が半音高くなる。

そもそも、初めは驚かすためだけに後ろから抱きついたのかと思っていたのに、一向に腕を緩めてくれない理由がわからない。

狼狽えながら尋ねたら、心なしか身体に回されている手にきゅうっと力を込められている気がする。

「今の……電話で呼んでいた〝リョウ〟って、風花の元恋人かなにか？」

「は？」

「前にひどく落ち込んでいた原因は、その男？」

矢継ぎ早に並べられた質問の内容に唖然とする。私は小さく首を横に振った。

「違う。涼は学生時代からの親友。一緒に上京してきた子なの。私が今回こっちに戻ってきたのとほぼ同時に転勤になって今、関西にいるんだけど」

「一緒に上京……？　男と？」

春海さんは険しい顔つきで、訝しげな声を漏らす。

「あっ、涼は女性だよ。彼女は広告デザイナーで、専門学校の時に出会ったの。涼って名前、凛としててカッコいいから勘違いするよね」

涼は〝名は体を表す〟といったことわざがぴったり当てはまる。涼やかで清涼感のある容姿で、冷静な性格がすごく大人で頼りになる、そんな人。

私が言い終えても、背後に立つ春海さんからはなにも反応が返ってこない。

「春海さん、その……まさか、男の人と思って嫉妬して……？」

自分で言っていて恥ずかしさに襲われる。

昨夜、距離がぐんと近づいたからといって、こんな発言厚かましかった。第一、私は昨日、春海さんの言葉になにも返事をしていないのに。

今、口を滑らせた内容をなかったことにしたくて、苦し紛れに笑ってごまかす。

「なーんて……」

「悪い。なかったことにして」

同時に真剣な声で言われた。彼の手が離れていき、自由に動けるようになった私は恐る恐る振り返る。

私の目に映ったのは、初めて見る彼の照れた横顔だった。

「俺……最近余裕なくて、風花にはカッコ悪いところばっかり見せてる気がする」

春海さんは大きな手のひらで顔を覆って、そう零す。

隠しきれていない耳の先が薄ら赤くなっているのは、多分寒さのせいではない。

春海さんでも、照れたり後悔したりするんだ。

「私はうれしい。あなたの前では自分ばっかり弱音吐いてたから」

笑顔で伝えると、春海さんは虚を突かれた表情でこちらを見た。

「さ。早く終わらせなきゃ。今日は気温が上がるらしいから、雪が重くなる前に」

明るく言って再びスコップを握ると、横からそれを奪われる。

「俺が機械出して終わらせるよ」

「それでも、ふたりでやろう。その方が早く終わるもん。運動不足解消にもなるし！」

私は近くに置いてあったもう一本のスコップを取って、続きを始めた。さっき数か所に分けて集めた雪を片づける作業だ。

彼も私のそばに来て、脇の雪山へと力強く雪を放《ほう》って積んでいく。

「運動不足解消っていうなら俺もだから。それに、風花と話しながらする方がいい」

機械を出すのをやめて身体を動かす春海さんを見て、笑みが零れた。

私たちは斜向《はす》かいに立って、お互いそれぞれ対角の雪山にスコップで何度も雪を放り置く。数分、お互いに作業を続けていると、ふいに春海さんが話し始めた。

「ふたりでやろうって、そういうのなんかいいよな」

私はスコップを立てて腕を休め、春海さんを見る。

「雪国は冬の時期、毎日のように協力体制だよ。家族も、ご近所も」

「雪かきの作業って、ここで生活している人たちにとっては重労働なんだろうけど」

彼は私の視線に気づきもせず、淡々と身体を動かしつつ続ける。

「空気は澄んでるし、朝陽に反射して雪が光って眩しい光景もいいし、毎朝何十分かの共同作業でコミュニケーションも取れる冬の日常が……俺は結構好き――」

カメラのシャッター音が鳴り、それに驚いて固まったのは春海さんだった。

今のは私がスマートフォンのカメラ機能を使い、春海さんを撮った音。

スマートフォンのディスプレイから、実物の春海さんへ視線を移すと彼は一笑した。

「ふいうちは狡い」

「自然な表情がいいから」

私は答えながら、再びスマートフォンを構える。すると、春海さんはスコップをまだ残る雪に差して、ゆっくりとこちらに歩み寄ってきた。

距離が近づくにつれ、カメラを少しずつ上向きにしていく。そのうち、フレームいっぱいに彼が映し出され、ディスプレイの中の春海さんと視線がぶつかった。

「心外だな。俺はカメラを向ける相手が風花なら、いつだって自然な表情でいるはずなのに」

スマートフォン越しに見る彼は、今言っていた通り、カメラを意識していない表情。

でも、これは……。

「今、レンズ越しに見えてる俺はきっと風花だけが知っている、君にしか見られない俺だと思うよ」

瞬間、鼓動が速くなり、指先まで熱くなる感覚になった。

なんて表情を向けるの――。

照れや恥じらいなど微塵《みじん》も見せず、レンズ越しに私をまっすぐ見つめ続ける。

その双眼が怖いくらいに真剣で、熱を孕んでいて……。けれど、瞳の奥には慈愛に満ちたものを感じさせて、片時も逸らせない。

胸の音がさらに大きく高鳴っていく中、彼は柔らかく目尻を下げた。

私は彼の極上の微笑みに心を奪われつつ、無意識にシャッターボタンに触れていた。

あのあと、ふたりで数十分かけて敷地内の除雪を終えた。室内に戻るなり、春海さんは仕事のメールが来たようで部屋に戻っていった。

私はキッチンに立ち、お鍋に味噌を溶き入れながらひとりぼんやりとする。

春海さんは元々魅力的な人だ。惹かれる理由はいくつもある。

私は出会ってから彼にいろいろとよくしてもらっているのもあるし、好意を抱くのも自然なことだったとは思う。でも、そうやって彼を好きになる条件を並べて証明する以上に、春海さんへの気持ちが大きくなりすぎた。もっと、アイドルに対するような憧れ的要素が強い感情だったなら潔《いさぎよ》く距離を置けたはずだ。

手元に焦点を当てているものの、心ここにあらず。ぼーっとしている私を現実に引き戻したのは、紗理奈さんの声だった。

「おはよう」

「ひゃっ！　あっ、お、おはようございます」

紗理奈さんは別に驚かせようとしたわけではないのだろうけど、私がうわの空だったために声をあげてしまった。

取り繕う私を見て、紗理奈さんは軽く眉根を寄せて尋ねる。

「なに？　ぼーっとして。寝不足？」

「そうかもしれません。あ、今朝食できますよ」

愛想笑いを浮かべて話を合わせ、出来立ての味噌汁を小皿によそった。軽く息をかけて冷ました味噌汁を口に含む。

うーん。なんだろう。ちょっといまいちな気がする。いつもと同じように作ったつもりなんだけど……。

二度目の味見も、なにが足りないのか多いのかがさっぱりわからなくて、私は別の小皿を出して言った。

「あの、味見をお願いしてもいいですか？」

「どうして？　いつもは自分でしてるじゃない」

彼女の疑問はもっともだ。

「なんだか味が決まらなくて」

どうして、という疑問にそう答えるしかできなくて、味噌汁を少量よそった小皿を紗理奈さんに手渡した。彼女は不思議そうにしながらも、小皿に口をつけてくれる。

「別に普通よ。いつもと同じ」

「そうですか」

安堵して答えると、小皿を受け取った。次に茶碗《ちゃわん》を出してご飯をよそおうとした時、淡々とした声で言われる。

「北守さん、本気で〝永久就職〟しようとしてる？」

「はっ？」

驚きのあまり声をあげ、静止した。彼女は腕を組み、こちらをジッと見て続ける。

「今朝、窓から見てたの。雇い主と随分仲がいいのね」

途端にいろんな感情が湧き起こる。目撃されていた動揺と恥ずかしさ、焦り。そして、彼女がこのあとどんな言葉を投げつけてくるのかという緊張。

紗理奈さんは激昂《げっこう》するでも声を荒らげるでもなく、冷静だ。

「昨日私が話した意味、わかってる？　正直私はあなたがどうなろうが関係ないけど、ハルを傷つけたくないって言ってるのよ？」

落ち着いた声色で聞き取りやすいスピードの言葉は、彼女が私に理解を求めているのだと切実に伝わってきた。春海さんに、大事な人が離れていく悲しみを二度も味わわせたくないのだろう。もちろん、私だってそんなこと望んでいない。

「悪いけど、はっきり言うわね。見た目とかお金とか名声とか……彼のスペック欲しさならすぐに手を引いて。そういう目的なら、ほかを当たってって」

言葉尻はやや厳しく感じられた。もしかすると、彼女も胸の内では多くの感情がめまぐるしく回っているのかもしれない。そして、それほどまで春海さんを大切に想っているのだと肌で感じた。

紗理奈さんの気持ちは想像するしかできない。だけど、私が想像する以上に、これまでたくさん傷つき苦しみ、もどかしい思いをしていたはず。

長年、幼なじみという立場から春海さんを見守ってきた彼女に対して、いつまでも保守的な態度ではいられない。敬意を込めて誠実に向き合わなければ。

「私の欲しいものは、お金でも名声でも彼のステータスでもありません」

ジーンズのポケットに入れていたスマートフォンを取り出し、写真フォルダを表示すると、紗理奈さんへ見せた。

「欲しいのは、これです」

それは、さっき外で撮影した笑顔の春海さん。

ほかの誰かに見せるつもりはなかったけれど、彼女に理解してもらうためには必要だと思ったから。

「これ……ハル？」

彼女は小さく呟くと、目を見開いてディスプレイを食い入るように見ている。

紗理奈さんや涼から窘《たしな》められて悶々としていたものが、やっとはっきりした。

将来結婚をして子どもを授《さず》かりたいという願望はあるか、と問われれば〝ある〟。

でも、それを叶えてくれる相手なら誰でもいいということにはならない。

思い描く未来に当てはまる条件の相手を選ぶのではなく、この先ともに歩んでいきたい人と、未来を選択していきたい。

「私も、春海さんにいつもこんなふうに笑っていてほしいと思ってます」

失敗や傷つくことを恐れていては、本当に欲しいものを得られない。守りたいものも守れない。

たとえその先に壁が立ちはだかっても、まずはその人と一緒に迷い悩んで、自分たちなりの答えをひとつずつ導き出していけたらいい。

「気持ちが変わらない自信、あるの？」

紗理奈さんから射るような視線を向けられた。

私は一拍置いて、はっきりと返す。

「いえ。変わります、きっと」

「ちょっと。そこは、たとえ嘘でも『変わらない』って宣言するでしょう！」

紗理奈さんは眉間《みけん》に皺を作り、語気を荒らげた。私は怯むことなく彼女の目をまっすぐ見て返す。

「私も彼も、変わっていかなきゃならない。だけど、これまでの自分は完全に消えはしないから。いろんなものに影響を受けて変化を続けて幾重《いくえ》にも重ねていって……心から笑い合えたらいいなって、そう願っているし努力したい」

私の勝手な思い込みかもしれないけれど、彼と一緒なら前に進める。

ずっとどこを歩いているのか、どっちへ向かえばいいかわからなかった。迷っては行き止まりになって、引き返して……疲れて動けなくなって、あきらめかけていた。

そんな私を見つけて、癒《いや》してくれたのは春海さんだった。彼のおかげで、これまで歩んできた道は無駄ではなかったと思えるようになった。

さらには、また撮りたい衝動が突き上げてくるほどにもなって、驚きと同時に懐かしい幸せを感じたのだ。

心に湧いてきた〝好きだから撮る〟という至極単純な感情には、ひとつも翳りはなかった。『うまく撮りたい』『賞を獲《と》りたい』なんて欲もない、ただ写真を撮るのが楽しかったあの頃の気持ちがまだ残っていたことが、こんなにもうれしい。

そこに、階段を下りてくる足音が聞こえてきた。春海さんは階段を下りきってから、キッチンに私と紗理奈さんがふたりでいるのに気づいてきょとんとしている。

彼と目が合った瞬間ニコリと笑いかけ、話を続ける。

「春海さんと過ごした時間は紗理奈さんには到底敵《かな》いませんが、彼を大切に想う気持ちはあなたと同じです」

春海さんはふいうちを食らった様子で固まっている。紗理奈さんは、その時にようやく彼の存在に気づいたようで、勢いよく後ろを振り返った。

そして私は驚いた表情を浮かべている彼に向かって、はっきりと告げる。

「私も、好きです」

イブの日に出会った偶然を……東京から遠く離れたこの北の大地で再会できた奇跡を、なによりも大事にしたい。

自分自身を大切に思うきっかけをくれたあなたに、同じくらいの――。

ううん。それ以上の想いを届けたい。

5．本当に望んでいたのは

あのあと、紗理奈は無言で風花の用意した朝食を食べ、夕方の飛行機を予約したと言ってタクシーを呼び、昼前に出ていった。

休日だし、空港まで送ろうかと声はかけたのだが、即答で断られた。おそらく、彼女のプライドが許さなかったのだろう。

そうして俺たちは紗理奈を送り出した流れで買い出しに行き、別荘に戻った。

風花は食材をきちんとしまってから、バスルームなど水回りの清掃をすると言って行ってしまった。俺はというと、今朝風花から告げられた言葉を何度も反芻していた。

いまだに信じられない。本当に……？　だって、昨夜、風花の部屋に転がり込んだ時に俺が『好き』と伝えたら黙りこくって困っていた。

だから、明確な答えを聞かぬようにやり過ごした。はっきりと断られないために。

これまで誰かに踏み込むことも、踏み込まれるのを許したこともない。

嫌われてはいないのはわかる。ただ、俺と同じ感情を持ってくれているかどうかは……自信がない。しかし、彼女がわざわざあんな嘘をつくとも思えない。

『彼を大切に想う気持ちはあなたと同じです』

『私も、好きです』

風花の、凛としながらも柔らかな声が脳内で再生される。

いよいよ俺はいてもたってもいられなくなり、ソファからすっくと立ち上がり、階段へ足を向けた。

「風花」

風花は二階にある洗面台の鏡を拭いていた手を止め、「はい？」と振り返る。

至って普通だ。特に代わり映えのない彼女の反応に、気持ちが萎みかけた。

「いや……その……」

彼女は俺の言い淀《よど》む姿を見て首を傾げる。

間が空くと切り出しづらくなる。そう思い、一度逸らした目を再び風花に向けた。

「それ、あとで俺もやるから、ちょっとだけ時間くれ」

急な誘いにきょとんとする風花をリビングに誘い、移動する。気づけば窓からは眩しいほどの夕陽が射し込むような時間になっていた。

一階に下りてすぐ、風花がキッチンに方向転換する。

「春海さん、なにか飲み物でも淹《い》れ……」

俺は咄嗟に彼女の手首を掴み、離れるのを阻止した。

「ごめん。今はいいから。座って」

戸惑う風花の手を引いて、リビングのソファに座らせた。

俺は彼女の九十度隣のソファに腰を下ろし、タイミングを計る。

「紗理奈に言ってたこと、もう一度確かめたくて。その……俺を好きだって」

ちらりと彼女の反応を確認すると瞬く間に頬を染め、耳まで真っ赤にしていた。

風花は膝の上に視線を落とし、口を開く。

「な、なにかと思えば……。こんなふうに改まって言われたら、恥ずかしい」

「あれはつまり、特別な意味だと捉えていい？」

一語ずつゆっくり尋ねると、風花はこちらを一瞥してどこか気まずそうに視線を彷徨わせる。ハラハラしつつも彼女を見つめ続けた。

「……そう、です」

風花は照れくささからか敬語で答えたのち、両手で顔を覆う。

俺は彼女から肯定された言葉を噛みしめると同時に、鼓動を打つリズムが徐々に速くなっていくのを感じた。

顔を隠している手を退《の》けて今すぐその表情を見たいのに、思うように手が動かない。

数秒かけてようやく彼女の手に触れ、ゆっくりと下に動かす。風花の恥じらう顔が露わになった途端、胸の奥がぎゅっと掴まれた感覚になった。

「俺を見て」

すると、彼女はぎこちなくこちらに目を向ける。視線が交わったが最後、理性が飛んだ。これ以上は我慢できなくて、風花の唇を奪った。

「ん……ぁっ」

可愛い声が零れ落ちると、いっそう止まらなくなる。

束の間唇を離した際、ソファに凭《もた》れる風花は俺を仰ぎ見て、そっと頬に手を伸ばしてきた。

彼女の俺を見る目が、明らかにこれまでとは違う。蕩《とろ》けるような瞳を向けられて、俺は昂る一方だ。

「風花が欲しい」

彼女のしなやかな腰に触れ、引き寄せた。すると、おもむろに両腕を首に巻きつけられたのち、耳元でささやかれる。

「うれしい」

蜜を含んだ甘い声に、眩暈《めまい》を起こしそうになる。

求めている相手に自分を受け入れてもらえたら、こんなにも心を大きく揺さぶられるのか――。

「えっ、ちょ……っ、きゃっ」

無言で彼女の身体を抱え上げ、リビングから一階の奥にある部屋へ移動する。

しがみつく風花も可愛くて、ベッドに下ろす前に腕の中で一度キスをした。

この別荘の中で一番広い部屋には、ベッドも同じく大きいものが置いてある。そこに風花を静かに下ろして、俺は休む間も与えずに唇を重ねにいった。

冬の日の入りは一瞬だと感じるほど早い。さっきまで茜色《あかね》に照らされていたはずの部屋は今や薄暗くなっていて、あと十数分もすれば完全に陽が落ちる。

一度だけ彼女を抱いた夜はイブで、窓の向こう側は街明かりが無数に広がっていて、どこか幻想的な出来事だった。だけど、今は違う。

周辺には夜景どころか民家すらなく、窓から望めるのは外灯に青白く照らされた雪だけ。都会の煌びやかな明かりには到底敵わないが、空が暗くなってもその雪が柔らかな光を放つから風花の表情は見える。

「すごく綺麗だ」

指先をスッと彼女の柔肌《やわはだ》に伸ばしかけた時、制止される。

「ま、待って」

「どうして?」

俺だって強引に彼女を手に入れたいとは思わないし、無理やりなんてもってのほか。以前も今も、彼女が俺を求めてくれているのを感じるから触れられる。

拒否はされていないはずと思いつつ、手を止めて風花の言葉を待つ。

「あの……ドキドキしすぎて苦しくて。へ、変かな。前も緊張はしてたんだけど……それとは全然違う」

風花の言い分を聞き、大きく胸が脈打つ。

よくわかる。気持ちは早く自分のものにしたくて急いているのに、反面緊張と、大きくなりすぎた想いに戸惑いと高揚を覚えている。こんな感情を抱くのは初めてだ。

「……ごめん。ちょっと、前みたいに余裕たっぷりでってわけにいかないかも」

「え? あっ、ン」

小さな唇を塞いで、指を絡めて、重ねた身体から彼女の鼓動を感じ取る。そのたびに、ひとつの感情が胸を占め、自然と口から零れ出る。

「風花。好き……好きだ」

鼻先や瞼、こめかみに口づけながら呟くと、風花は身を捩《よじ》って訴える。

「や……っ。そう何度も耳元で言わない……でッ」

吐息交じりの高い声が可愛い。

俺は夢中になってあちこちにキスを落とし、瞳に風花を映し続ける。些細な表情の変化さえも見落とさないように。

そうしながら、心の隅で安堵と幸福を噛みしめる。

これまで完全に満たされることなどなかった。

自分はなにかが欠けていると嘲笑しながらも自暴自棄《じぼうじき》にならずにいたのは、身近にいる兄ふたりも似たような人たちだったから。心のどこかで『自分だけではない』と安心していたのだろう。

だが、ずっと女性に興味を示さなかった兄ふたりが恋愛結婚をした時には大きな衝撃を受けた。同時に寂寥感や焦慮、疎外感を抱き、『どうせ自分は』と卑屈になった。

本当は羨ましかった。誰かを心の底から求め、ありのままを曝してなお、受け入れてもらえる関係性が。

きっと心のどこかで自分に問いかけていたのだ。

あんなふうに、いつか俺も全力で人を好きになれるのだろうか……と。

そんな時に、君を見つけた。理想にたどりつかなくて嘆き立ち止まり、かけがえのないものを手放しても必死にまた前を向こうとする不器用な君を――。

イブの日を回想し、思わず温かい気持ちがあふれ、笑いを零す。

風花が不思議そうな目を向けるから、俺は彼女の顔にかかった髪をそっと除《よ》けながら伝えた。

「いや。愛しいなあと思っただけ」

こんなにも穏やかな感情が自分の中にもあった。

それを気づかせてくれた君が、心から愛おしい。

隣にいる風花は、青白い空から深深《しんしん》と舞い降りる雪の花びらを窓越しに眺める。

「紗理奈さん、無事に着いたかな」

俺は自分の胸の中にいる風花の頭を撫で、改めて謝る。

「なんかごめん。あいつ、急に来て急に帰っていって。振り回されただろ？」

「ううん。会えてよかったと思ってる。向こうはそう思っていないだろうけど」

苦笑いする風花へ、紗理奈に代わって弁明する。

「そんなことないよ、きっと。今日タクシー待ってる時に、風花にごちそうさまって伝えておいてって言ってた。風花が席を外しているタイミングで言うあたり、すぐには素直になれなかったらしい」

紗理奈は昔からそういうところがある。照れくさいのか、ここぞという時、面と向かって本音を言わない。

今回、俺のいない間に風花になにやらいろいろと吹き込んでいたようだが、別れ際の雰囲気から察するに、紗理奈は決して風花を嫌ってはいなかったと思う。

「そうだったんだ。ふたりはお互いに大事な存在なんだね。彼女は、見返りを求めず、自分を犠牲《ぎせい》にしても守り、味方してくれる無償《むしょう》の愛を持っている——とても素敵な女性だと思った」

軽く瞼を伏せ、やさしい声で言われた内容には心当たりがあった。俺はこれまで長い間なにかと近くにいた紗理奈の言動を思い返す。

あいつが周囲で一番、小言を並べていたが、どれも俺を心配してのことだと伝わってきていた。だから、心から鬱陶しいと思ったことなどはなかった。

俺はベッドから出てサッと衣服を整えたあと、上半身を起こしていた風花に自分のパーカを被せ、ベッドの脇に腰を下ろす。

「感謝してる。彼女は懸命に母親の穴を埋めようとしてくれていた。紗理奈は大事な存在だ。困っていたなら助けたいし、今回みたいに勝手をされても、結局嫌いにはなれない」

紗理奈の心遣いとちゃんと向き合えた今、俺はもうひとつ気がついた。

自身がこれまでずっと、なにを望んでいたかを。

「ようやくわかった。俺は無償の愛に執着《しゅうちゃく》していたわけじゃない。母親についても、本当は対価を求められたかった。〝愛しているから同じように愛して〟と」

よく〝親は子どもに無償の愛を注ぐ〟と言ったものだが、どうもそれが俺にはしっくり来なかった。それは、長年母が離れて暮らしていることが直接的な理由ではなく、俺自身の欲求と違っていたからだ。

「俺は、本気で好きになった相手なら身も心も全部欲しい。その人に振り向いてほしいし、俺を求めてほしい」

風花のつぶらな瞳を見つめ、傲慢《ごうまん》にも聞こえる本音を吐露する。

取り繕ってても仕方がない。本気で欲しい相手がここにいるんだから、真正面からぶつかるしかない。

俺は彼女の少し冷えた頬に手を添えて、真面目な気持ちで伝える。

「だから、風花にめちゃくちゃ見返りを求めてる、強欲《ごうよく》な人間なんだ」

なんてカッコ悪い告白なんだと、嘆いている自分もいる。だけど、風花なら笑い飛ばしたり突き放したりしない。絶対に。

するとと、腕の中の風花は花が咲くように微笑んだ。

「今、思った。昨日、子どもっぽいことをしているって皮肉めいて笑っていたけど、その分すごく純粋なんだね、春海さんって」

笑顔でそう言う彼女も、大概《たいがい》純粋な人だと思う。

自分では欠点としか思えなかったものが、彼女にかかると美点に変わるのが衝撃だ。どんな事柄も、捉え方は人それぞれ。それは同じ景色でも、ひとりひとり感じるものが違うのと同じように。

「伝わるかどうかはわからないけど、私の心は春海さんのことをすごく求めてるよ」

風花は不思議な力を持っている。

風花の話すことは本心なのか社交辞令なのかと探らなくても、自然と受け入れられて心が軽くなるのだから。

つい、「ふっ」と笑い声を漏らしてしまった。きょとんとして、「なに?」と聞き返す風花を見つめる。

「見返りついでに、やっぱり思い出してほしいから言おうか」

俺が風花と初めて出会った日のことは今さら感があって、もう伝えなくてもいいかとも考えていた。だが、ひとつ欲を認めたら次々と欲張りな感情が出てきてしまうらしい。そして、その欲求を隠さずに曝すことになんの抵抗もなかった。

――彼女の心のすべてが欲しい。

風花の右手をそっと掬《すく》い、親指の腹で甲を撫でる。

「俺と君は、バーで出会ったのが初めてじゃない」

「えっ⁉」

風花は驚きの声をあげて目を見開いた。

本当に少しも気づいていなかったのが、今の反応で明確になった。

俺は緊張気味に問いかける。

「数年前に東京で、俺は君に助けられてる。覚えてない？　東京駅付近でスマホを探してくれた時のこと」

「……あ。そんなことあったかも。え？　あれ、春海さんだった⁉」

とりあえず過去の出来事はすんなり思い出してくれて、胸を撫で下ろす。

「そう。大迫リゾートを任された直後で、いろいろテンパってたから助かったよ」

今と比べ、心身ともに余裕がなかった時期だ。

午前中に重要な会議があるにもかかわらず、時間がギリギリになってしまったうえ、持っていたはずのスマートフォンを紛失し、さすがに狼狽えた。会議自体はともかく、そのあと各所に連絡を取るのにスマートフォンがないと話にならない。

かなり焦っていながらも、どうにか平静を装って記憶をたどっていたところに声をかけてきたのが風花だった。

一般的に平日の朝は忙しいだろうし、青褪めた顔で同じ場所を歩き回っている不審な男がいたら、声をかけるのも躊躇しそうなものだ。現に誰もが素通りしていった。

しかし、風花だけが迷わず俺の元に歩み寄ってきてくれた。

事情を知った風花はすぐ、自分のスマートフォンを取り出した。同機種に搭載《とうさい》されているスマートフォンを探す機能を使って探そうと提案してきたのだ。

俺は慌てていたのもあって、そこまで気が回らなかった。すっかり冷静さを欠いていたから、彼女の落ち着いた判断には本当に助けられた。

十数分かけてGPSの反応をもとに来た道を戻っていき、結果的に駅の近くのドラッグストアに届けられているのがわかって事なきを得た。

スマートフォンが無事に手元に戻ってきたら、風花は挨拶もそこそこに颯爽《さっそう》と去って行ってしまったから、連絡先はおろか名前すら聞けなかった。

風花は顎に手を添え、考え込んだのちに口を開く。

「うーん。確かにそう言われれば……背は高かった記憶はある。あっ、わかった。マスクしてなかった？　あんまりジロジロ見るのもできないうえ、マスクしてたから全然顔を覚えていなくて。私もスマホばかり見てたし」

「あー。あの日はちょっと喉が痛くて咳も少し……だけど、絶対に外せない仕事だったから急いでて。だから去っていく風花を追いかけられなかった」

前の夜に薬を飲んで寝たのはいいが副作用のせいか寝坊した挙句、しばらく頭もぼーっとしていたのは薄ら覚えていたけど、マスクのことまでは忘れていた。

「風花も、朝の貴重な時間を取られて大変だったろう？　遅刻しなかったか？」

「あの頃の勤務先は、始業時間が遅めの企業だったから平気。だから、出社前でもカメラを持ってうろうろできてたの。ところで、それっていつから私だって気づいてたの？　もしかしてバーで会った時から？」

風花の質問を受け、バーでの彼女を思い出して一度頷いた。

「ああ。でもさすがにすぐ確信したわけじゃない。風花がグラスを持った直後、ほんの一瞬顔色が変わって手首を押さえてたからそれで、もしかしてって」

「え？　手首？　な、なんで？」

どうやら風花の中では話が繋がらないみたいだ。

俺はさらに噛み砕いて説明する。

「初めて会った日の風花は肩からカメラを提げて、右手には黒いサポーターをしていた。バーで風花を見た瞬間、どこかで会ったことがあるとは感じていたから、同じ箇所を痛がっているのを見てピンと来た。あの日の恩人だって」

「あ！　だから除雪の時にいつも手を気にしてくれていたの？」

風花が呟いたあと、ふたりで目を見合わせてふき出す。

「それにしても恩人って……大げさな。ふふ、でもいいね。お互いに恩人で、好きな人で、自分を愛してくれる人って」

彼女は再びこちらを見ると、ふわっと微笑む。

風花の存在は大げさではなく、貴重でかけがえのないもので、胸の奥をじんわりと温めてくれる。

幸せに満ちた感情を抑えきれなくて、彼女に唇を寄せる。しかし触れる直前、キリッとした顔で宣言された。

「だけど、三十万は別。ちゃんと払うからね」

俺は目を白黒させた。一瞬、三十万とはなんだったかと忘れていたくらいだ。

「あれはいいんだ。初めから一円だって払ってもらおうとは思っていない」

初めて会った日にはなんの影も感じられなかったのに、二度目は思い悩んでいるのがひしひしと伝わってきた。同時になんとなく自分と似ているものを抱えているんじゃないかと思って、気にせずにはいられなかった。

うまくいかない苛立《いらだ》ちや悲しみ、焦燥と孤独――。

彼女から感じられたそれらの感情が他人事とは思えなくて、手を差し伸べた。それが、今度は俺がその手を追いかけたくなるなんて。

だけど、そんな衝動に駆られるのは当然だ。

なぜなら、彼女は躓いて立ち止まって、俯いて。自分を嘆いて傷ついていてもなお、他人にはやさしく振る舞い、決して落ちぶれずに綺麗な心はそのまま持ち続けている魅力的な人だから。

「ううん、でも」

俺は風花の口に人差し指を当て、彼女にその先を言わせなかった。

「それに、ちゃんと代わりをくれただろう？　君の大切なものを」

たかが一枚の写真と思われるだろうが、俺にとっては三十万円以上の価値があるものだ。

三十万円の話題になった拍子にふと思い出し、ばつが悪い気持ちで呟く。

「というか、謝らなければいけないな……」

なにも知らない風花は、俺が零した言葉に首を傾げた。

「え？　なに？」

無垢な瞳を前に、思わず俯いてぼそぼそと答える。

「実は……風花があの時の宿泊費用を気にしているのを利用して、別荘管理だなんて建前《たてまえ》を言って丸め込んだんだ」

せっかく心を開いてくれたのに、閉ざされてしまうだろうか。

一抹の不安を胸に、事実を告げて恐る恐る彼女の反応を窺う。

「えっと、それはつまり……バイトの募集自体が嘘だったって話？」

茫然と聞き返され、俺は一度グッと口を結んだ。それから深く頭を下げる。

「君との関係を繋ぎ止めたくて……知りたくて。裏切るようなことをしてすまない」

数秒の間が、信じられないほど長く感じられる。

「もう。本当に春海さんは狡い。そんなの、今言われたってもう怒れないよ」

「え……」

「春海さんがバイトに誘ってくれなければ、私は今でも苦しみから抜け出せていなかったし、痛みから逃げ続けていたと思うから」

顔を上げて彼女を見れば、不安など一瞬で吹き飛ぶくらい温和に微笑んでいた。

風花はおもむろに睫毛を伏せ、俺の袖をきゅっと握る。

「それに……それだけ想ってくれてたって聞いて、うれしく思ったし」

瞬間、考えるより先に身体が動いていた。

彼女の腕を引き、胸に抱き留めて背中に両手を回した。絹みたいに艶やかな髪に頬ずりをして、ささやく。

「ひとつだけ、聞いて」

「うん」

「君が今後写真を撮るのをやめてしまっても、俺の君への想いは変わらない。けど、欲を言えばやっぱり、歳を重ねる毎《ごと》に風花がなにを見てなにを感じているか、知りたいし見たい。そう思うことだけは許してほしい」

彼女がなにを選び、捨てるかを今後は強要するつもりはないし、どんな選択をしようと彼女への気持ちが冷めることはない。

ただ、風花を想い続けるなら彼女が見つめる景色にも興味を引かれるだろうし、おそらくこの先も彼女の撮る写真を待ち続けるだろう。

それが彼女の心を映し出すもののひとつだと信じてやまない俺にとって、彼女の心のファインダーは、きっと一生追い求め続けるもの。

こんな感情、もしかしたら風花には重荷以外のなにものでもないかもしれない。

真剣に悩んでいたら、自然と腕が緩んでいたらしい。

そっと距離を取った彼女がゆっくりこちらを見ると、大きな目を潤ませ柔らかい光を反射させていた。

彼女の表情の意味を、まだはっきりとは理解できない。

けれど、その瞳は以前〝カメラはやめた〟と話していた時のような悲しい色を映し出してはいなかった。

6.もう一度

お互いの気持ちを確かめ合った翌日は、日曜日だった。

昼過ぎまでいつも通り過ごしていたら、急に春海さんに『出かけよう』と言われて連れ出された。

チラチラと雪が降る中、彼が車を走らせる。私はこの辺の土地勘もないため、どこへ向かっているのかまったく見当がつかない。

そのうち車が勾配《こうばい》を上り始めると、六階建てのとてもオシャレな建物が見えてきた。それも一棟だけではない。何棟も連なっている。

「このあたりのコンドミアムもうちが管理しているものだよ」

コンドミアムとは確か、ファミリーや少人数のグループで、ゆっくり滞在するための宿泊施設のことを言ったはず。ホテルとの違いは普段の生活に近い環境で暮らせるところで、家具家電はもちろん設置されているし、実際の家と同様に部屋数もあるからプライバシーを確保しやすいと雑誌かなにかで見た。非日常を体験する施設のホテルとは逆に、リゾート地で日常の暮らしをする施設だ。

「大迫リゾートって、本当にすごいんだね」

改めて感心して呟くと、春海さんは笑った。

「これからもっとすごくするから、見てて」

一昨日《おととい》の俯いて弱々しく話をしていた姿も本当の春海さんだし、自信にあふれている今の彼もまた彼なのだろう。

私と春海さんは一見似ているようだが、決定的に違うのはそういうところ。

彼は心に重いものを抱えていても、一歩外へ出ればたくさんの人たちを支える側の人間だ。そして、きちんと責任を持って指揮を執《と》っているのだと思う。大企業が若年の彼に事業を一任させるのは、きっとそういうこと。彼は弱くても、強い人なのだ。

そんな春海さんが私を求め、さらに私の写真も認めてくれた。

苦しい気持ちに苛《さいな》まれるくらいなら、もういっそと切り捨てようとしていた、なけなしの『好きだから』という感情はとうに底をついて、今にも消えてしまいそうで……。自信喪失し、自己評価も低いどころか評価することさえ無意味に思えた。

なにからどうやり直したらいいのかわからなくて途方に暮れていた私は、春海さんの存在でいつしか自然と前を向けるようになった。

私の一部《ー》分であるカメラを、『絶対に処分したらダメだ』と必死に説得してくれ、さらには『預からせてくれ』とまで言ってくれたおかげで。

だから私は彼に幻滅されないためにも今後、これまで派遣先で培《つちか》ってきたスキルを活かして仕事を探すと決めたのだ。

ちなみに、別荘管理のアルバイトは嘘だとわかったから一度白紙に戻してもらった。でも、春海さんが『次の仕事の目処《めど》がつくまで一緒にいられないか』と言うものだから、結局もう少しだけ同じ生活を送ることになりそう。私自身も、一緒にいられるならいたいと思ってしまったのもあるのだけれど。

窓の外の景色に向けていた目を、ちらりと運転席の春海さんへ向ける。

堅実に生活しながら、自分の気持ちの赴《おもむ》くままに自由にシャッターを切る——平凡で、そのごく自然な幸せを今なら素直に受け入れられる。

このことを春海さんに伝えたい。昨夜からずっとそう思っているのに、なかなかどうして切り出せない。

彼はいつまでもここにいるわけではないはずだ。まもなく東京へ行ってしまう。

悠長《ゆうちょう》にしていられないとわかっていても、いざ真面目に自分の話をするとなると勇気がいる。タイミングを見計らうも、緊張しすぎて第一声が出せなかった。

「と、ところで、今日の行き先はまだ教えてくれないの？」

なんとか声をかけたものの、いきなり本題には入れず、さりげない話題を振った。外出に誘われた時に行き先を聞いたら『秘密』と返されていたのだ。

「オススメの店。数日こっちに滞在する時には一度は足を運ぶんだ」

彼の説明を聞いてすぐ浮かんだのは紗理奈さんだった。以前、彼女が『ニセコに来たら必ずハルと行くフレンチレストランがある』と言っていたから。

「私……知ってるかも」

「本当？ あそこはすべてにこだわりを感じる。料理も雰囲気も素晴らしいよな」

「あ、私は行ったことないの。紗理奈さんから、春海さんとよく行くお店って聞いただけで……フレンチレストランでしょ？」

「え？ 違うよ。俺は誰かを連れて、あの店に行ったことはない」

即答で返されて固まった。同時に赤信号を前に車が止まる。直後、ずっと前だけ見ていた春海さんがこちらに振り向いた。

「今日行く場所は『カミル・プレミアムホテルニセコ』」

「カミル？」

〝カミル・プレミアムホテル〟は世界各地に展開しているラグジュアリーホテル。カミルグループは外資系のホテル企業で、業界で一、二を争う大企業だ。クオリティの高いサービスを提供していて、世界のホテルランキングでも常連のホテル。

もちろん私は一度も利用したことはないけれど、メディアでちょくちょく名前は見聞きしていて知識はある。ニセコだけでなく、東京をはじめ各リゾート地にカミルの名前は必ずあるといっていいほどだから。

「別荘もお気に入りだけど、風花はほとんど別荘と買い物の往復だったから退屈だったろう？　本当ごめん」

「ううん。それが私の仕事だったから退屈だなんて一度も思わなかったよ」

別荘の暮らしでさえ、私にとっては非日常だもの。

すると、ふいに膝の上にあった手を握られた。びっくりして彼に目をやると、やさしい眼差しでこちらを見ていた。瞬間、カアッと頬が熱くなる。

なんだろう。これまでとは違う。心を許し、無償の愛を注ぐような柔和な視線に胸が高鳴り続ける。数秒後、春海さんは手を離して運転に戻った。

手が離れてもしばらくドキドキしていたら、春海さんが『ホテルの前にちょっと寄り道』と言った。

そうして到着したのは、ブティックが集まっているショッピングモール。

私たちは車を降りて、モール内へ移動する。

「意外……。ニセコだしアウトドアに特化したショップだけかと思ったら、こういうハイブランドのお店も並んでいるんだ」

「ニセコはすでに観光地ブランドとして確立されているから。数社のアパレル企業が共同でブランディング活動を展開し、このショッピングモールができた」

「うーん。ピンと来ない……」

腕を組んで眉根を寄せていると、春海さんが「ふっ」と笑った。

「カミルをはじめ、うちもラグジュアリーを売りとしたホテルもあるし、なによりここは有名な日本人デザイナーが手がけるブランド店が多い。海外からの観光客に向けてサイズ展開も豊富にしているらしい」

言われてすぐ近くのお店に目を向けると、通路側に陳列しているパンプスのサイズの種類が確かに多いと感じた。

《US9・5》って何センチなんだろう？　私の靴よりも少し大きそうだけど。

「多少価格が高くてもニーズに合い、かつ高品質で、加えて日本でしか手に入らないオリジナル商品だと認識してもらえれば売れる。宿泊先のホテルにも、配送やクリーニングなど充実したサービスを用意しているのもポイントだ」

「昔とは見違えるほどニセコがオシャレな町になったのは、そういう施策《しさく》もあってなんだね」

そして、その観光事業の一端を担《にな》っているのが彼なんだろうから、本当にすごい。

感心しながら歩いていると、突如手を繋がれて引き留められる。

「ところで俺、風花のパンツスタイルも好きなんだけど、こういう格好も似合うと思う。着て見せて」

彼の言う『こういう格好』とは、お店のショーウインドウのマネキンが着ているフェミニンなスカートコーデ。

ここに到着した時、薄々気づいてはいた。春海さんは、やっぱり私の服を揃えるために連れてきてくれたんだ。

「今回は重く感じず、受け入れてくれたらうれしい」

ふいに肩を引き寄せられてささやかれた。瞬時にスキーリゾートへ行った日を思い出す。スノーウェアを用意してくれた、あの件だ。

出会ってからずっともらうばかりで、私が春海さんに返せているものなんてないに等しい。そうわかっていても、このあとの行き先を聞いてしまったら、甘えざるを得ない。高級リゾートホテルに普段着では行けないだろうから。

「……いいの？　なんだかいつもこんな感じで迷惑かけてばっかり」

「迷惑？　違うな。すごく楽しいよ。世の男が好きな女性に贈りものをしたがる気持ちが今ならよくわかる」

口角を上げる彼を見たら、もうなにも返せない。頬が上気するのを感じ、恥ずかしさから俯いた。

そうして、約一時間後。たくさん試着した中から、黒のニットとスカート、コートにパンプスまでひと通り揃えてもらってしまった。

彼の少し後ろを歩きながら、ショーウインドウに映る自分を見てはどぎまぎする。プリーツの入ったスカートは落ち着いたパープルで、普段なかなか手を出せないデザインと色だ。

そもそもカメラを構える際に動きにくいという理由で、スーツ以外のスカートは一着も持っていない。前に春海さんと会ったバーへ行った時に着た服が、私が持っている服の中で唯一スカートっぽく見えるものだった。

「ねえ……おかしくない？　なんか着慣れないコーディネートだから不安で」

ショッピングモールの時点で周囲から浮いているのではと心配になって、つい春海さんに隠れるように歩いていた。次の瞬間、手を取られて隣に並ばされる。

「すごく似合ってるよ。脱がせるのがもったいないくらい」

「は⁉　なに言って……！」

動揺のあまり声をあげた。しかし、春海さんはにっこりと笑って手を繋ぐ。

もう！　変なこと言うから行きすぎた妄想までしかけちゃったじゃない！

繋がっている手からこの動悸が伝わってしまう気がして、ますます恥ずかしくなる。

春海さんはそんな私を時折見つめては満足げに目を細めるものだから、私の心臓はずっと大きな音を立てっぱなしだった。


最終目的地であるホテルに着いた時には、すでに陽は落ちていた。

カミル・プレミアムホテルニセコは想像以上に素晴らしく、圧倒された。

荘厳《そうごん》なエントランスに、シャンデリアやソファなどすべてがゴージャスなロビー。ガラス張りのエレベーターに乗って二十階を目指していると、ナイター営業で何色ものライトアップをされているゲレンデが綺麗に見えた。

ディナーは鉄板焼き。フランスの有名店で修行した経歴を持つシェフが、北海道産の新鮮な野菜や魚介、肉などを美味しく、美しく料理してくれた。

季節野菜のポタージュは身体の奥に浸透《しんとう》するような味わいだったし、白老牛《しらおいぎゅう》の山わさび添えもシンプルながらに素材の味を引き出していて感動を覚えるほどだった。

デザートはチーズスフレパンケーキ。フルーツが添えられ、北海道産アカシアはちみつがかかっていて、それこそ写真映えしそうな仕上がりに、思わず脳裏にカメラの存在が過った。一品一品が芸術作品と言える、美しい盛りつけなのだ。

しかし、今日はなぜか全部食べきることができなくて、お詫びをしてレストランをあとにした。

その後、てっきり別荘へ戻るのだと思っていたら――。

「うわあ、広すぎる……。いったいどのくらいあるの？」

連れてきてもらったのは、最上階のスイートルーム。扉を開けた瞬間から、部屋の奥行に驚いて固まった。

「んー、八十平米くらいか？　窓からの景色がいいって評判だったけど、今は夜だからあまりわからないな。明日になれば絶景が見れると思う」

春海さんは鷹揚《おうよう》に話しながらソファに腰を下ろす。

窓ガラスの向こう側に見えるゲレンデは、コースに照明が点在している。光が密集する夜景とは違い情趣があって、なんだか夜空に浮かぶ一等星のよう。

「こんな贅沢いいのかな……？　それと、本当に大丈夫なの？　明日は仕事なのに」

部屋に来る途中でも話していた。明日は月曜だ。春海さんは立場上、仕事をおろそかにはできないはずなのに。

「風花は少し甘えることに慣れたらいい。俺は明日、ここから直接現場へ向かうから問題ないし、明日はゆっくりしていて。スパやアロマセラピーとかあったはずだ。早めに仕事を終わらせて夕方頃に迎えに来る」

「ええ～……」

嬉々《きき》としていろいろと提案してくれるものの、正直戸惑いの方が大きい。

すると、春海さんに窺うような視線を向けられる。

「ご、ごめん。嫌とかそういうんじゃなく……いろいろ急すぎて気持ちが追いついてないっていうか。慣れないっていうか」

そういえば、スキーウェアを用意してくれた時もひどい返し方しちゃったんだった。元々気の利く人だ。だけど一緒に過ごす時間が増えていくたび、彼のやさしさが特別なものになっていっているのを感じる。

「ちょっとだけ怖い。春海さんのやさしさに溺れてしまいそうで」

「俺も自分がこういうことする男だと初めて知った。でも風花の気持ちもわかるから、今日は特別ってことにして」

「え、わっ、ちょっ……！」

そばにやってきた春海さんと視線がぶつかる直前、軽々と抱き上げられる。身体が宙に浮いた感覚が落ち着かなくて、恥じらいも忘れて春海さんにしがみついた。

ふいに瞼を開けると、至近距離で目が合う。彼の瞳は熱を孕んでいて、たちまち胸が高鳴っていく。

「とにかく風花になにかをしたい衝動が抑えられないんだ。だから、慣れて。まだ不器用な俺に愛されることに」

言われた言葉を噛みしめる暇もなく、顔に影を落とされる。唇を重ねられ、大きなベッドに下ろされたあとは、ただひたすら愛された。

決して不器用だなんて思えないくらいに、甘く。


翌朝。朝食はルームサービスをとって一緒に済ませ、春海さんは仕事へ行った。

ドアの前で見送って、そのまま立ち呆ける。

ひとりきりになった途端、この悠々とした部屋がさらに広く感じられる。こんなに素敵なリゾートホテルで一日過ごすなんて贅沢だけど、なにをしていいのか……。

それはそうと、私の今後の考えを伝えられなかったな。せっかく素敵なホテルで最高のひと時を過ごしているのに、現実的な話題など切り出せない。……というか、春海さんが終始甘く迫って来るから、全然余裕がなかった。

自分の意思とは関係なく、頭の中で昨日の春海さんが思い出されて顔を熱くした。

まあ、春海さんには今夜にでも……。

火照る頬に手を当て踵を返すと、足元から天井までの大きな窓越しに雪化粧の羊蹄山がはっきりと見えた。黒い窓枠がさながら額縁みたいで、絵画と勘違いしそう。

数分間、外を眺めソファに腰を下ろした。ローテーブルの上に置いてあった館内パンフレットを手に取る。

せっかくだから、このハンドマッサージのコースをお願いしてみようかな。春海さんの様子だと、遠慮するよりも甘えた方がうれしいようだったし。こんな素敵な場所にはそうそう来られないし、思いきって。

備えつけの電話を使用して一時間半後に予約をお願いし、時間まで部屋でゆったり過ごした。うつらうつらしながら待っているところに、聞き慣れないドアベルの音が響いてハッとした。ドアまで急ぎ、解錠する。

「アロマセラピストの高橋《たかはし》と申します。本日はよろしくお願いいたします」

礼儀正しく清潔感《せいけつかん》のある、雰囲気の柔らかな女性スタッフが笑顔で頭を下げた。室内に入ってもらうと、さっそく高橋さんはてきぱきと準備を始める。

「恐れ入りますが、まずはこちらの問診票にご記入をお願いします」

私は渡されたボードとボールペンを受け取り、ソファに座って問診票と向き合う。

氏名のほか、アレルギーや持病の有無などの欄を順に埋めながら、ぽつっと呟く。

「実は私、右手の親指から手首にかけて腱鞘炎で」

ボールペンを持つ手を軽く撫でて言うと、彼女は大きく頷いて返事をくれる。

「そうなんですね。では、そのあたりは力加減に気をつけつつ施術《せじゅつ》いたしますね」

「ありがとうございます」

そんな会話を挟みつつ、問診を続けた。最後の質問文まで進め、ペンが止まる。

《現在、妊娠中または妊娠の可能性はありますか？》

あれ……？　そういや私、今月の予定って……。

文面を見つめ、数秒考える。慌ててスマートフォンでアプリを開いた。

一週間以上も遅れてる……？　今まで多少のずれはあっても一週間も遅れたりはしなかった。

その原因を考え、不安が過ると同時に心臓がドクドクと騒ぎ出す。

妊娠って、可能性のあった日をどのくらい遡るんだろう。さすがに一日、二日前ということはないはず。じゃあ……イブの日……？　そんなまさか――。

一気に血の気が引く感覚に襲われる。頭の中では『ほぼありえない、考えすぎ』と軽くいなすものの、胸の中は靄《もや》が晴れずに不安が燻《くすぶ》っていた。

「ご記入はお済みでしょうか？」

高橋さんの声かけに、ビクッと肩を揺らす。

「……あ。えっと、その」

問診票を一瞥して口ごもってしまった私の異変に気づいたのか、高橋さんは言葉を選ぶようにして口を開く。

「勘違いでしたら申し訳ありません。もしかして妊娠の可能性が……？」

その顔つきはさっきまでのニコニコしたものではなく、真摯な表情に変わっていた。

「は……あの、よく……わからなくて」

「今、体調はいかがですか？　すでにアロマの香りが多少しているかと思いますが、ご気分が優れない、などは？」

「わかりません。でも、そう言われたら少し胃のあたりに違和感があるかも」

不思議なもので、指摘されると本当に具合が悪い気がしてくる。

「ゆっくり呼吸を繰り返してください。そうしたら、楽な体勢になりましょうか」

高橋さんに促《うなが》され、ゆっくりと移動してベッドに横たわる。

「いかがしましょうか。全身ではなくハンドマッサージなので施術自体は大丈夫だとは思うのですが、体調に不安があるのでしたらキャンセルでも構いませんよ」

その時、私は彼女の言葉を耳に入れつつ、頭の中は〝疑惑〟でいっぱいだった。

結局、高橋さんには丁重にお詫びをして、キャンセルさせてもらった。こんなに動揺していたら、リラックスもできないだろうし、なによりひとりになりたかった。

妊娠しているかもしれない……。でもまだ確定ではない。

そうやって自分の心に保険をかけるのも意味をなさないほど、もうひとりの自分が直感している。この身体の不調は、これまでに経験していないものだと。

ゴロンと寝返りをうち、ベッドサイドテーブルの時計を見ると午前十一時半。

はっきりさせるためには、検査をしなくちゃ。まずは妊娠検査薬で……。春海さんに報告する前に、まずは一度ひとりで確認したい。

私は重い身体を起こして身支度を整えると、エントランスに止まっていたタクシーに乗り込んだ。行き先は、最寄りのドラッグストア。

目的のものだけを購入したら、待っていてもらったタクシーでホテルへUターン。

そして、脇目も振らずに部屋へ戻る。

テーブルに買ってきた妊娠検査薬を置き、ジッと見つめる。ここまで来て、すぐに使用する勇気が出なくて、しばらく動けなかった。

あまり迷っている時間はないと意を決して箱を掴み、トイレに移動した。数分後、検査薬のスティックを手にしたまま茫然と立ち尽くす。

判定結果の枠には、はっきりと線が浮かび上がっている。

たった一度だけ、などと都合のいいことを思って、考えるのも頑張るのもやめて彼に縋った。

自分の人生、どんな時もどんなことにも責任が伴う。

それがたとえ、不測の事態だったとしても。

あの夜、すべてを見て見ぬふりして春海さんに逃避した。その結果がこれだ。

昨夜、一緒に眠ったベッドに目をやる。瞬時に彼の表情や感触、声、温もりを思い出して胸の奥がグッとしめつけられた。

今、私の頭に浮かんでいる『どうしよう』は、お腹の子に対してではなく春海さんに対してのもの。

前に将来の自分の子どもについてチラッと話をした際、彼は自信がない、他人の子どもだから接することができるのだ、ということを漏らしていた。おそらく、自分の人生において子どもをもうける概念はないはず。私が事実を話せば、きっと彼は受け入れられずに困惑する。

少し前の私なら、ひどく動揺し、のちのち後悔するような選択肢ばかりを挙げたかもしれない。だけど今なら……なにが自分にとって大切なのかを考えられる。

お金とか仕事とか、自分の置かれた現実を見れば楽観的には捉えられない。産んでも、この子に不自由をさせる可能性もある。――だけど。

そっと片手を腹部に添え、尊い命を噛みしめる。

本当に大切なものを、もう絶対に捨てたりしない。同じ過ちは二度としたくない。

これから夕暮れになり、夜が訪れて春海さんが迎えに来る。

それまでに、まずはいつも通りの私に戻らなければ。


春海さんがホテルに戻ってきたのは午後六時。それから帰り道の途中で軽く食事を済ませ、別荘に到着した。

「到着。あー、天気はそんなに悪くなかったけど、やっぱりちょっと積もってるか」

春海さんがぼやいている隣で、フロントガラス越しに別荘の敷地内を眺める。彼が言った通り一面に薄ら雪が積もり、なんの跡もついていない状態だ。

たった一日空けただけなのに、ものすごく時間が経っている感覚になる。

「本当だね。こっちは迂闊《うかつ》に何泊も家を空けていると、雪が積もって帰った時に車も停めるスペースがないっていうのよくあるから。今日はまだマシかも」

「そうだな。積雪五センチ程度か」

ごく自然な会話を交わしつつ、私たちは車を降りる。凍てつく風が吹き抜けていき、身体をぶるっと震わせた。ふと自分の腹部に目を落とす。

ちゃんと除雪作業できる……？　いや、やらなきゃ異変に気づかれてしまう。

そうして持ち歩いていたサポーターを右手に装着し、上から手袋をしてスコップを置いている場所へ移動した。

なんとなく下腹部に違和感がある。だけどこれは妊娠を自覚した途端、体調の変化に敏感になっているだけかもしれない。だって、今日の昼まではわからなかった事実なのだから、気にしないのが一番だ。

しかし、結局自分の体調が気になり、普段よりも除雪が捗《はかど》らない。幸い積雪量は多くなかったから、長引かずに作業を終えられた。

家の中に入り、コートをかける。春海さんはストーブをつけたあと、まっすぐ私の方にやってきた。真剣な面持ちの彼を前に緊張が走る。

「風花、ごめん。実は俺、急遽明日東京に戻らなきゃならなくなって。十時半発の飛行機で行くよ」

いったいなにかとドキリとしたが、私が思うこととは違っていてほっとした。

「そうなんだ……じゃあ、明日は朝早いね」

ひとりきりになる不安や寂しさは多少あるものの、数日距離を置くのはちょうどいい気がする。隠し続ける気はないけれど、数時間前に判明した事実をやっぱり簡単には告げられない。

あくまで前向きな意味での〝時間の猶予〟。とはいえ、それは私が勝手に決めただけ。春海さんにも知る権利があるのに……。

迷いと罪悪感で揺れていると、顎に手を添えられる。自然と俯いていた顔をクイと上げられた。

「二、三日ですぐにこっちに来るから、それまでここ、お願いしてもいい?」

「うん。食材もふたり分買ったばかりだから、数日は賄《まかな》えるし大丈夫」

言いながら彼の手から離れ、温かい飲み物でも淹れようとキッチンへ足を向けた。

「でも、もしもなにかあったら何時であっても連絡して」

背中越しにやさしい言葉をかけられ、口の端を引き上げる。

「心配性ね。わかった。ありがとう」

明るく振る舞う傍ら、徐々に腹部に鈍い痛みを感じ始めた。キッチンまでたどりついたものの、シンクの縁に両手を置いて項垂れる。

「風花？　どうした？」

「ごめん。ちょっとお腹が」

「えっ。大丈夫か？　ソファで少し休んで」

「あ、でも身体があったまるものを用意してから」

「それくらいなら俺でもできる。ほら、歩ける？　運ぼうか」

春海さんがごく自然に私を抱き上げようとするから、照れくさくなって距離を取る。

「歩けるから平気」

春海さんの提案を断ったあと、ソファまで移動してゆっくり腰を下ろす。

耐えられない痛みではない。言うなれば、毎月の痛みに似た感じだ。だけど、ほぼ妊娠していることがわかっているから、ちょっとの痛みが不安になる。

このまま放っておいて、もしお腹の子どもに影響があったら……。

「風花、横になって楽な姿勢になって」

「うん。ありがとう」

横向きになって膝を抱え、背中を丸める。

人生において、子どもについては漠然と『授かったらいいな』とは思っていた。だけどそれは理想であって、正直言って今日まで真剣に考えたことはなかった。

そして、春海さん。彼は事情があってお母さんと一緒にいられず、今もその影響で人と心を通わせるのに抵抗があるみたい。彼にその傷をぶり返させてまで、私は結婚や出産にこだわらない。ふたりで安穏に過ごせたら、それだけで幸せだ。

つい最近、そういう考えに行きついたばかりなのに。

身から出た錆《さび》。責められるべきは自分の甘さ。けれども、私はこの子のことを責任感だけで守ろうとしているのではない。

考えれば考えるほど、この子に会いたい気持ちが募《つの》っていく。許されるなら、好きな人との子どもをこの手に抱きたい。

自分の気持ちを改めて確認していると、ふわっとブランケットをかけられた。

「ああ、顔色が悪いな。お湯が沸くまで少し待ってて」

春海さんはブランケットを整えながら心配そうにこちらを覗き込み、ポンと頭に手を置いた。そして、キッチンへ身体を向け直す。

瞬間、春海さんの手を咄嗟に掴んでいた。驚き顔の彼を仰ぎ見てぽつりと零す。

「ちょっとだけ……そばにいて」

「ん。いいよ」

彼は柔らかな声音で受け入れてくれて、私の頭側にそっと腰を下ろした。右手は繋いだまま。もう片方の手は頭を撫でつつ髪を梳《す》いていく。その動きに安心感を覚える。

春海さんの存在がこんなにも心強い。そう実感するにつれ、この手を離さなければならなくなる可能性があると考えると、怖くて身動きが取れない。

その後、春海さんが淹れてくれたルイボスティーを半分飲んで少し落ち着きはしたものの、またその場で横になった。ふかふかしたソファに、ストーブの熱がほんのり広がってきて眠気を誘われる。話をしたいのに身体の変化が邪魔をする。

そうして意識が薄れていき、次に私が目を開いたのは、ベッドの上。まだ部屋が薄暗いのを確認した直後、隣に春海さんが寝ていることに気づいた。

私、あのまま眠ってしまったの!? 春海さんがベッドまで運んでくれたんだ。

恥ずかしさと申し訳なさが募る中、気持ちよさそうに寝息を立てている春海さんを見つめた。

昨日もその前も一緒には寝たけれど、彼の寝顔をすぐそばで見るのはやっぱりドキドキする。起きている時はもちろん、寝ている顔でさえ綺麗でちょっと嫉妬する。

私は誘われるように、そっと彼の髪に触れた。

端正な顔立ちに目を奪われたのは事実。でも、彼に惹かれたのは、戸惑うほどにまっすぐぶつかってくる姿勢。あとは、大人の顔から少年っぽい顔に変化するギャップと……なんでも持っているような彼が本当は不器用で、懸命に生きているところ。

「ん、風花……？　おはよう。お腹の調子はどう？」

開口一番に体調の心配をされ、良心が痛む。

「今は平気。ありがとう。昨日は寝ちゃってごめんね」

「気にしなくていい。多分俺が無理させてたんだろう。半ば強引にここへ連れてきて、慣れないことをさせていたから」

「違う。無理なんかしてないよ。住み込みの話を受けたのも最後は自分の意志だし」

慣れない仕事というなら、派遣先ではいつだってそうだった。それこそ派遣時代と比べ、かなり好条件で契約してくれて驚いたくらいだもの。

「今朝は何時に出発だったっけ？　朝ご飯準備するよ」

ベッドから片方の足を出して尋ねると、ふいに腰に腕を巻きつけられた。

「六時半には出るから朝食はいらない。だから、もう少しこのまま一緒にいて」

寝起きの掠《かす》れ声がまた色っぽくて、どぎまぎしながらゆっくり春海さんを振り返る。

目が合うと、彼はあどけなく微笑んで私の頬を撫でた。やさしい表情をしたかと思えば、今度は情熱的な双眼に変わる。

たちまち彼の瞳に吸い込まれ、身体を預ける。広く逞しい胸に抱きしめられて、彼の存在の大きさと温かさを改めて噛みしめた。

春海さんが私を心から心配し、必要としてくれたおかげで俯かずにきちんと先を考えられるようになった。ほんの少し、強くもなれた気がしている。

この子との未来を考えられるくらい――。

春海さんの鼓動を感じながら思う。

彼に早く伝えなきゃダメだ。私だけで考えるにも限界があるし、やっぱりふたりで話し合いたい。

その結果が、私の希望する未来とは違ったとしても。

約一時間後。私は準備を終えた春海さんを見送るため外に出た。

キンと耳が痛くなるくらい、冷えた冬の朝。清々しい空気を吸い込んで、一度真っ白い息を吐いた。春海さんは、キャリーバッグをトランクに乗せて戻ってくる。

「じゃあ、行ってくる」

蕩けるような笑顔を向けられて、胸の奥がきゅうっと鳴る。そのあと、彼が伸ばした両手に抱き寄せられた。

冷たい鼻先が彼の中で温まり、その温もりが心まで伝導する。瞬間、迷いはなくなり、自然と口が動いた。

「春海さん」

「ん？」と聞き返す彼の胸の中でゆっくり顔を上げ、まっすぐ見つめる。

「私はあなたのことが、本当に好きです」

突然の告白に、春海さんは目をぱちくりさせている。

「ふ。急だな。うれしいけど」

「だから、勝手だけどあなたとの未来を思い描いてた。ふたりで毎日楽しく生活していく未来を。――でも」

『好き』と口にしながらも私の雰囲気が重苦しいと感じたのか、春海さんの表情が一変する。面映《おもは》ゆそうだった顔が眉を顰め、困惑しているふうにも見えた。

神妙《しんみょう》な面持ちで話の続きを待つ彼を見てから、腹部へ視線を落とす。

「ここに、赤ちゃんがいるの。春海さんの子どもが」

そっと両手をお腹に当てると、少しの間のあと混乱した声が返ってくる。

「は？　えっ？　ちょっ……待って」

「検査薬で陽性だった。病院はこれからだけど、もう私の答えは出てる。もし妊娠しているなら、この子を産んで育てる」

迷いはない。この間まで仕事や将来、人生の一部だった趣味について散々悩んで迷ってきた私だけど、自分でも驚くくらいはっきりとしている。

「風花。俺――」

「今はなにも言わないで。お願い」

慌てて春海さんの言葉を遮った。

彼の答えを聞くのはもちろん怖い。けど、途中で制止した理由はそうではない。

「春海さんやさしいから私のために……子どものためにって考えちゃうと思うから」

「そりゃ……！」

「ここから離れて、自分の家族や家がある場所へ帰って日常に戻って……それから、自分の人生をどう生きていきたいかだけを考えて結論を出してほしい」

私の発言に、春海さんは大きく目を見開いて固まったままだ。

「わがまま言ってごめんね。だけど、わかって。春海さんが私に無理やりカメラを持たせることをしなかったように、私もあなたに心を偽らせたくはないの」

大切な人だから。彼の中でひずみが生じる可能性があるなら、別々の道を歩んでいくのもひとつの選択だと覚悟はしている。

頑なにカメラを持たないと断っていた自分が一番わかる。流され続ける未来に、本当に欲しい幸せは掴めない、と。

「……わかった。それが風花の望みなら」

春海さんは一度頷いて、静かにそう答えた。

「うん。ありがとう。ほら、急がないと時間に余裕がなくなって、危ないよ。運転くれぐれも気をつけてね」

「ああ。着いたら連絡する。風花も絶対に無理はするなよ」

笑顔で手をひらひらと振って、彼が運転する車を見送る。完全に見えなくなったあと、空を仰いだ。

今日は幸い積雪ゼロ。気持ちのいい晴天だし、気分も晴れ晴れ……とはいかないけれど、後ろ向きな感情はない。うん、大丈夫。これでいい。

それから別荘に戻り、ストーブに近いソファで休んでいたらスマートフォンが鳴った。ディスプレイを見ると、涼からメッセージ。この間やりとりして以来だ。

《その後、どう？　まだ住み込みで働いてるの？》

簡潔な内容は涼らしい。淡々とした文面に見えて、本当は心配してくれているのだ。

《ううん。いろいろあって……でもまだニセコにはいるよ》

メッセージを返した直後、今度は電話がかかってきた。

「もしもし、涼？」

『いろいろってなに？　働いてないのにニセコにいるってどういうこと？』

開口一番に詰め寄られ、たじろいだ。なにからどう説明すべきか答えあぐねていると、待ちきれなかったのか涼が話し出す。

『風花。もしうまくいってないなら私のところにおいで。仕事も一緒に探すし……』

涼の心遣いに、じんとした。こんなに気にかけてくれている涼に隠しごとをするのが憚られる。まだ病院に行っていないけれど、涼には今伝えたい。

「あのね……。私、お母さんになるかも」

電話の向こう側の涼からはなんの反応もない。小さな声だったせいで聞き取れなかったのかもと、声をかけようとした矢先。

『は？　え。待って。それって……つまり、そういうこと？　もしや、その雇い主が相手なんじゃ』

スピーカー越しに涼の戸惑いの言葉が次々聞こえてきて、私は消え入りそうな声で「うん」と返した。すると、間髪を容れずに言われる。

『風花。私これからそっちに行く。有給休暇中だし、風花の顔を見ながら話さないと気が済まない。住所至急送っておいて。じゃ、あとで』

一気に捲し立てられ、通話が切れた。ロック画面を見て茫然とする。

「これからって……ほ、本気……？」

思わずひとりで呟いた数分後、ポンとメッセージの着信音が鳴った。確認すると、《午後四時前に千歳《ちとせ》に着く便取ったから》とあって、さらに驚かされた。

午後七時半になる頃、一台のタクシーが敷地前に到着する。私は窓からそれを確認すると、急いで玄関に向かって風除室まで涼を出迎えた。足を踏み出す位置を選びながらこちらにやってくる涼は、風除室まであと数メートルのところで笑って言った。

「雪、久々だと歩きにくいね」

「わかる。私も年末にこっちに帰ってきた時に思った」

くすくすと笑いながら返し、目の前の涼を改めて見て続ける。

「急でびっくりしたけど、久しぶりに会えてうれしい」

はるばる飛行機に乗って新千歳空港までやってきたものの、空港発のちょうどいいバスがなかったらしい。結局空港から小樽《おたる》駅までJRで移動し、さらにバスとタクシーを駆使して来たと話す涼は、相変わらずアクティブかつパワフルで驚かされた。

彼女を突き動かした理由はさておき、やっぱり再会できた喜びが先に来る。

涼にはすぐ別荘に上がってもらって、温かいコーヒーを用意した。

涼が来ると聞いてすぐ、春海さんにメッセージで許可はもらっている。彼は私をひとり残したことを気にしていたらしく、ふたつ返事で了承しては《誰かいてくれるなら安心だ》と漏らしていた。

そんな春海さんからは、彼が東京へ無事に着いた際にもメッセージが送られてきた。一貫《いっかん》して内容や雰囲気はこれまでと変わらず、まるで出がけに告白したことはなにもなかったかのよう。けれど私が望んだことだし、春海さんも〝普通〟を心がけてくれてるのだと思う。

「東京!?　身重《みおも》の彼女を置いて!?　まさかそのまま逃げたりしないでしょうね!」

涼は私を心配するあまり、大きな声をあげた。

彼女がここへ来た時点で想像できた反応だったため、私は終始落ち着いていた。

「身重って。大丈夫。すぐに戻るって言ってた」

「その人と知り合って、まだ日が浅いんでしょ?　あんまり信用しすぎると痛い目見るのは風花だよ」

やや厳しい忠告は、私を真剣に思うがためのこと。だから春海さん、ごめんなさい。少しだけ、涼にあなたの話をするのを許して。

「ありがとう。でも、彼はあることからずっと逃げ続けてきたって話してくれたの」

「じゃあ、なおさら！」

「うまく説明できないけど、私たち似た者同士だからわかるの。彼はもう逃げない」

真剣な気持ちで涼に伝えると、彼女は口を噤《つぐ》んでこちらをジッと見つめ返す。

彼も私も恥やこれまでのプライドを取っ払って、再スタートを切ると心に誓った。

『だから、慣れて。まだ不器用な俺に愛されることに』

そう切実にささやいた春海さんを愛している。カッコ悪くても情けなくても、彼が素のまま私を想ってくれているのが心からうれしい。

「それと、私ももう後ろを向くのはやめたよ。まっさらな状態で一から始めようって。今度は自分を追い詰めないように、〝好き〟な気持ちを大事にしていく」

涼と最後に会った日は、人生どん底と言わんばかりに落ち込んで荒《すさ》んでひどかったと思う。当然、彼女も私の異変を感じていただろう。

心配をかけた親友へ、お詫びと感謝の念を込めて新たに抱いた目標を宣言すると、大きなため息が聞こえてきた。

長い髪をかき上げた涼の表情には、安堵の色が浮かんでいる。

「実は先月最後に会った時、人生を投げやりに送っていく気なのかもって心配してた。けど、杞憂《きゆう》だったね。今の風花、上京する頃と同じ顔してる」

「え？　どんな？」

「未来に希望を持って、やる気に満ちた目をしてる」

涼に微笑まれ、うっかり涙が出そうになり、胸が熱くなった。

そう。涼の言う通り、今の私は未来に対して不安よりも希望を抱いている。一度躓いても、私はまた歩き出せるんだと気づいたことがうれしくて。

「涼、今夜は泊まっていくでしょ？　久々に夜通し話そうよ」

嬉々として提案すると、涼から「妊婦は早く寝なさい」と窘められた。

その夜、春海さんからは《友達との再会を楽しんで。おやすみ》とだけメッセージが届いていていた。


翌日。午前中には涼を見送った。

昨日は涼のおかげで体調の変化も気にならず、楽しく過ごせた。その効果がまだ持続していたのか、一昨日までより少し動けた。

掃除をして軽く昼食を済ませ、ソファで休んでいたら、いつの間にかうたた寝をしてしまっていたらしい。目を覚ました時には部屋中が夕陽のオレンジ色に染まっていて、とても幻想的で静かな空間だった。

ソファからゆっくり立ち上がり、階段を上る。向かった先は、春海さんが使っていた部屋。遠慮がちに中に入ると、デスクにまっすぐ歩いていく。引き出しをそっと開けてカメラバッグを取り出し、数か月ぶりにカメラ本体に触れた。

よかった。カビは生えていないみたい。北海道の冬は室内が乾燥しているおかげね。カメラは湿度に弱いから東京では乾燥剤を活用して、こまめに管理していたけれど、やめると決めてからはカメラバッグに入れたきりだったから。

ほっと胸を撫で下ろしている自分に気づき、思わず失笑する。

こんなにまだ大事に思っているくせに、本当素直じゃなかったな。

バッテリー残量が僅かに残っているのを確認して、すっくと立ち上がる。再び廊下へ出た瞬間、神々《こうごう》しい光に誘われて屋根裏部屋の方へ向かった。

雲の隙間から幾筋もの光芒《こうぼう》が射し、屋根裏部屋に光のベールがかかる。その光景がとても温かく美しかった。

あと数分で変化してしまうであろうその情景を前に、いつしか夢中でシャッターを切っていた。右手が痛いことも忘れて。

眩しい光は、あっという間に暮れ始める。私は窓の外に目線をやり、今度は屋根裏部屋を出て玄関へ移動する。コートを着て外へ出ると、マジックアワーに遭遇した。

地平線の向こう側に吸い込まれていく太陽と、橙色《だいだい》から黄色に染まる空。そして真っ白な雪野原が、薄らとした淡いオレンジ色に変化している。

春海さんにあげた写真も、冬の夕方だった。

ファインダーから覗く景色も構図も色も、それとは違う。けれど、なぜか今目の前にある風景も春海さんが好きになってくれる気がして、写真を撮り続ける。

しまいには、手ぶれしないためにと地面に片膝をつけ、近くの雪山に片側の肩を預けてシャッターを押していた。

一秒ごとに変わりゆく空に、完全に意識を持っていかれていた。遠くに響く車のエンジン音に気も留めず、薄暗くなった外で冷えた指先を懸命に動かした次の瞬間。

「風花！」

名前を呼ばれて初めて我に返る。立ち上がろうにも、同じ体勢だったので足がしびれていたのと冷えきっていたのとで、すぐには動けなかった。

顔だけ後ろに回すと、春海さんが血相《けっそう》を変えてこちらに駆け寄ってくる。

「どうした!? 動けないのか!? いったい、いつから……うわ、頬が冷たい！」

彼は雪がつくのもいとわず膝を折ると、眉根を寄せながら私の頬を両手で包み込む。

「ひゃ、は、春海さん、早かったね？」

思うように言葉が出てこなかったのと頬にじんわりと彼の温もりを感じたのとで、初めて自分の身体が芯まで冷えきっていると自覚した。

「急いで帰ってきた。空港までギリギリで、機内でやっと風花にメッセージしたのはいいけど既読にならないし。千歳から電話しても出ないし生きた心地しなかった」

「えっ。ご、ごめん。多分スマホ、マナーモードでソファの上だ」

心配かけたと知り青褪めるや否や、春海さんの胸に抱き寄せられる。

「なにしてる！ 身体を冷やしたらダメだろ!?」

「あ……なんか……止まらなくなって」

「止まらなくなったって、なんのこと……」

春海さんは抱きしめている腕を緩め、私が首からぶら下げているカメラの存在によようやく気がついた。相当驚いたらしく、彼は見開いた瞳にカメラを映し出していた。

私はかじかんだ両手でカメラを握る。

「数か月後も……きっと私、ファインダー越しに赤ちゃんを覗いてると思う」

春海さんはカメラからゆっくり私へと視線を移し、瞬きもせずに見つめてくる。

私はその純粋な瞳を見つめ返し、相好を崩した。

「春海さんの熱い説得に心が動かされちゃった」

すると、彼は一瞬目を潤ませ、それを隠すように立ち上がった。

「だったら、まずは自分の身体を大事にしろ。立てるか？」

「うん。もう大丈夫」

差し伸べられた手を掴み、まっすぐ立つとあっという間に陽が沈んでいた。

「本当は抱き上げて運びたいところだけど、俺が滑って転んだら元も子もないから、これで」

手を繋ぎ直され、手のひらから彼の体温を直に感じながら歩く。そうして、じわじわと実感が湧いてくる。

春海さんの〝答え〟が、言葉と行動の端々《はしばし》から伝わってくる――。

「俺の説得なんか単なるきっかけだ。君の中に情熱が残っていただけ。だけど……うれしいよ。初めて出会った時と同じだ。カメラを持って、明るい表情をしている」

「ふふふ。涼にも似たようなことを言われた」

それから別荘に戻り、温かいものを飲みながら、まず涼の話をした。私たちの今後について、まだ核心を突くような話題は振れなかったのもある。

彼の気持ちはきっと、私が直感したもので間違いはないと思う。けれども、いざとなると……。帰ってきてすぐに妊娠について話し合いを求めたりでもすれば、まるで心変わりしないうちに約束を交わそうとしているみたいに思われそう。

もちろん、同じ目的を持ち、同一方向を見て一緒に歩いていけるのは一番の望みだったからうれしい。だけど、それ以上に彼が過去を乗り越え、さらに一歩前に踏み出す勇気を出したことがなにより喜ばしかった。

その春海さんは、私の話に穏やかな面持ちで、時折相槌や質問を挟んだ。ひと通りこちらの話が終わったところで、マグカップを置いた春海さんが話し出す。

「悪い。本当に時間がなくて、お土産とかなにも用意できなかった」

「ううん。ついこの間まで私もそっちで暮らしてたし、なにもいらないよ」

苦笑いを浮かべて言われ、慌てて両手を横に振った。春海さんは柔らかな双眼で私を見たあと、ソファを立ってカバンのもとへ歩いていく。

踵を返し、再びこちらに戻ってきた彼の手にはなにかの書類。

「いや。でもこれだけは受け取って」

首を傾げて差し出された紙に触れた瞬間、目を剥いた。

「……これ」

左上には婚姻届の文字。さらに、春海さんの名前や住所など記入・捺印《なついん》済みだ。

「ちゃんと考えた。風花の厚意に甘えて、責任については一度置いておき、将来のビジョンと気持ちを何度も自分に問いかけたよ……だけど、ダメだった」

最後の言葉に不安を覚え、婚姻届からパッと視線を上げる。刹那、不安など一掃するような愛に満ちた眼差しを向けられ、目を奪われた。

彼はおもむろに隣に腰をかけ、まっすぐ見つめてくる。

「俺の将来にはもう風花がいて当たり前で、自分だけの未来はもう考えられないんだ。心から支え合える相手にはそうそう出会えるわけがないと、身をもって知っているから。なにがあっても、この気持ちは覆《くつがえ》らない」

途端に胸の奥が熱くなり、涙が込み上げた。しかし、グッと堪えてぽつりと尋ねる。

「その答えで……いいの？」

後悔のない選択をしてほしい。たとえ私の希望通りに事が運ばなくとも、それが一番重要なのだから。

春海さんは口元に弧を描き、迷いのない澄んだ目ではっきりと答える。

「生涯を君と、その子とともにしたい。俺と一緒に生きていってくれませんか」

彼の言葉を心の中で反芻し、喜びに打ち震えると同時に心臓が大きく脈を打つ。

私は下を向き、思わず零してしまった涙を隠しながら笑い声を漏らす。

「ふふ。おかしい。最初に『一緒にいてくれませんか』って私が言ったのにね」

あのイブの夜に願い出た私の望みは、彼と再会して言葉と気持ちを交わし合い、いつしか欲張りなものになっていた。

その願いを彼の口から聞けて、こんなに幸せなことってない。

春海さんが私の手から婚姻届を抜き取り、ローテーブルに置いた。

目元を押さえていた手をふいに掴まれ、ゆっくり顔を露わにさせられる。

「風花の願いはひと晩だったけど、俺は一生だよ。覚悟はいい？」

情熱的で少し艶っぽい表情で聞かれ、私は一拍置いて首を縦に振る。

「改めて覚悟する必要はないよ。むしろ、そうなりたいと願っていたのは私だから」

きっとまた、失敗や挫《ざ》折《せつ》を味わうこともある。だけど、私はそれを春海さんと一緒に悩んで、急がず慌てず、ふたりのペースで進んでいけたらいいなと思っている。お互いに欠けた部分を補っていきたい。

「この先ずっと、支えられて支えて。愛されて、愛したい。もちろん、この子も」

片手をお腹に添えた瞬間、頼もしい腕に抱きしめられた。私も両手をそっと広い背中に回し、静かに瞼を閉じる。

「俺、本当に一生分の運勢使い果たしたかも」

旋毛《つむじ》に落とされた彼のひとりごとに、つい肩を震わせて笑った。それから、そっと唇を重ねられ、幸せに浸る。

唇が離れたあとも春海さんの胸に寄りかかり、目を閉じて心音を頬で感じる。心が満たされているのを実感し、ゆっくり目を開けた。その時、婚姻届が視界に入る。

「えっ。春海さん？　下の欄の署名ってまさか」

春海さんとは別の筆跡で〝久織一《はじめ》〟と書かれていた。

「ああ。俺の父親。多忙な父に、次会えるのを待っていたら春になってるかもしれないから。今回、仕事で移動中の父をなんとか捕まえられてよかったよ」

「移動中って！　だとしたら、話もままならなかったんじゃ」

「あー、なんか……秘書と紗理奈からなんとなく情報は入っていたらしい」

だからって、数分で承諾してくれたっていうの？　にわかに信じがたい話……。

唖然としていると、春海さんに顔を覗き込まれる。

「うちは大丈夫だから。それよりも、近々風花の家に挨拶に行きたい」

「えっ、あ、そうだよね……いやでも」

うちにもきちんと報告しなきゃならないんだと思いつつも、久織家の様子が気になって仕方がない。

うちにせよ久織家にせよ、どんな反応をされるかな……。結婚するにあたって、いろいろと順を踏んでいないことが多く、与える印象が悪いのは否めない。でも、授かった命の責任を取るためだけに選択した結婚ではないことは伝えたい。

家族への報告について深刻になっていたら、ふと頭を過る。

「この婚姻届……春海さんのお母さんにも署名してもらえないかな？　お父さんも含め、私もきちんと会ってご挨拶をしたい」

私の提案に、春海さんは目を見開いて固まった。

彼の反応は理解できる。ずっと、心にも物理的にも距離があったと聞いたから。

それでも、なんだか無性に彼の手を引きたい衝動に駆られた。お母さんとの隔《へだ》たりをなくすきっかけを作るなら今だと、私の中の第六感がそう告げている。

「今日緊張しながらカメラを構えたら、わくわくしてたの。私と比べたら、春海さんの抱えていることの方が深くて複雑な問題だってわかってる。だけど、もう一度――」

「風花……」

「久々にファインダー越しに雪景色を覗いたら、まったく別のものに見えた。昔よりももっと白く眩しく、そして温かく感じたの。もしかしたら、春海さんにも以前とは違う景色に感じられるかもしれない」

ローテーブルの中央に置いてあったカメラを取って、穏やかな気持ちで言った。が、それはあくまで私の場合の結果であって、彼に当てはまるとは断言できない。

「……ごめん。無理強《じ》いはよくないね」

我に返り、カメラを戻そうとした手を止められる。彼の重ねた力強い手と曇りのない瞳には、決意が表れていた。

「いや。俺は風花を信じるよ」

彼の決断に、私は笑顔で応えた。

「あ……。ねえ、今さら思い出したんだけど、春海さんっていわゆる御曹司《おんぞうし》だよね。久織っていう立派なご家族に認められる要素が私にはひとつもない。どうしよう」

『挨拶をしたい』と自ら言っておきながら、肝心なその先を考えていなかったことに愕然《がくぜん》とする。盛大に反対される可能性が高いと気づき、肩を窄めた。

しかし、涙目で訴える私に対し、彼は「大丈夫だよ」とやさしく笑うだけだった。

7. 深深と、

翌日は、春海さんと一緒に最寄りの総合病院へかかった。

検査を経て、正式に妊娠と診断された。最近あった腹痛は、妊娠初期によくあるもので今のところ異常は見られないらしい。

私以上に春海さんが安堵していた様子に、胸の奥が温かくなった。

そんな彼は、私を別荘まで送ってくれたあとに仕事へ向かっていった。

そして週末を迎え、いよいよふたりで私の実家を訪ねる日になった。

事前に結婚相手を連れていくとは話してあるものの、ものすごく緊張する。

「初めまして。久織春海と申します。本日は急なお願いにもかかわらずお時間をいただきまして、ありがとうございます」

玄関先で出迎えてくれた母に対し頭を下げる春海さんは、謙虚ながらも堂々とした挨拶でとても頼もしい。自分の実家なのに、私の方がおどおどとしている始末だ。

母が「どうぞ」とリビングへ案内し、私たちは靴を脱いだ。

リビングにはすでに父がいて、いつもの指定席――ひとりがけソファに座って本を眺めている。

私が父に意識を引かれている間に、春海さんは母へ手土産のお菓子を渡していた。

「こちら、心ばかりですが」

「あら。ご丁寧にありがとうございます。風花、ソファに座ってもらって」

母の指示に「うん」と返し、彼を父から九十度の位置にあるソファに促した。春海さんは「失礼します」とひとこと断って、スッと腰を下ろす。

お茶を持ってきた母は、気になって仕方がなかったのか、急に質問を投げかける。

「ところで、いきなりで申し訳ないのだけれど、久織さんって、あの久織建設とご関係が？」

「はい。現在、久織建設の指揮を執っているのは実質長兄で、もうひとりの兄もサポートしております。私は現在、公私ともに関わりの深い大迫グループでリゾート事業を任されております」

母は彼の回答に驚き、「そうなんですか」と返すだけ。おそらく自分とは別世界の話だと思ったのだ。その気持ちはよくわかる。だから私も、迷った末に彼の素性は両親に伝えずにいた。先に話していたら、もっと身構えていたはずだから。

驚愕している母と、いまだに本に目を向け続ける父へ、春海さんが切り出す。

「本日は、風花さんとの結婚のお許しをいただきたいのと……ご報告が」

「実は今、私のお腹に……赤ちゃんがいるの」

春海さんの一瞬の間をついて、横から言葉の先を奪った。だって、どう考えても春海さんからは言いづらいことだし、ひとりで矢面《やおもて》に立たせるわけにもいかないから。

すると、ずっと黙っていた父がいきなり立った。

「今、なんて言った？　風花、お前……」

父の厳しい視線には、やはり委縮する。

もちろん激昂する気持ちはわかる。両親をがっかりさせ、傷つけたとも……。どんな叱責《しっせき》も黙って聞く覚悟で来た。ただ、この子や春海さんをあきらめるつもりはない。

唇をきゅ、と引きしめて視線を落とすや否や、突如春海さんがソファを降りる。正座をしたかと思えば、額を床につけた。

「申し訳ありません。順序を違えたのは事実です。どんな厳しいお言葉でも甘んじて受け入れる所存《しょぞん》です」

まさかそんなことまでするとは思わず、あたふたする。父は相変わらず鋭い眼差しをしているものの、春海さんに対してなにも返さない。

しんと静まり返ったリビングの空気は重く、どうしようかと必死に考えを巡らせていると、父が口火を切った。

「風花。お前、仕事をやめて自暴自棄になっているのか」

「それは違う！　誓って言える。投げやりな気持ちだったわけじゃない」

心が弱っていた時に流されて寄りかかってしまったのは否定できない……でも、決して『どうでもいい』といった感情だったわけじゃない。むしろ、あの夜を境《さかい》にしてまた一から頑張ろうと思っていた。

「認めていただくためなら、どんな努力も惜しみません。全身全霊で風花さんと子どもを守っていきます」

春海さんは父をまっすぐ見てそう言うと、再び深く頭を下げる。

「こっちは君の育った環境や役職は関係ない。重要なのは、うちの風花を幸せにできるのかどうかだ」

「します、必ず。私も風花さんの笑顔をそばでずっと見ていたいので」

即答する春海さんに胸の奥がきゅうと鳴るのを感じていた矢先、父が腕を組んでそっぽを向いた。

「ふん。その若さで大企業を仕切っているなら、頭脳だけでなく要領もいいんだろう。口先ではなんとでも言える」

「お父さん！」

さすがにその態度はないと思って、口を挟んだ。危うく感情的になりそうだった時、春海さんがそっと私の手を掴んだ。彼を見ると、不利な状況にもかかわらず、焦りも感じられないくらい穏やかな表情だった。

「先日、風花さんから伺《うかが》いました。写真に興味を持ったきっかけはお父様だったと」

急になにを言い出すのかと、私は春海さんを凝視した。彼は笑みを湛えながら、さらに説明する。

「彼女の写真がきっかけで、私は風花さんに出会えました。ですから、風花さんのお父様に心から感謝しています。この気持ちは真実なので、信じていただけるまで何度でもお伝えしたいと思っています」

「……でも、風花はもうやめたんだろ、写真を撮るのは」

私は父の反応に目を瞬かせる。

「気づいてたの……？」

「そりゃあな。年末年始、一度もカメラに触ってなかったんだ。すぐわかる」

東京から出戻りした際、母からは仕事はどうするとか、この先はこっちで暮らすのかとか心配していろいろと聞かれた。しかし、父はなにも言わなかった。

それもあって、てっきりなにも気づいていないとばかり……。

私はソファの横に置いてあった自分のバッグから、カメラを取り出して電源を入れた。そして、父へ差し出す。

「やめるのを、やめたの。春海さんと一緒に過ごしていくうち、お父さんからカメラをもらって初めて撮った時の、あの気持ちをまた思い出して」

父は私が新たに撮影した写真データを、最後の一枚まで確認してから口を開く。

「本当にいいんだな？　今度は簡単にやめるなんていうのは許されないぞ」

厳しい忠告に、まったく迷いや揺らぎはない。私は一度、こくりと頷いた。

「私、春海さんと一緒にいたいの。彼と一緒にいる自分が好きだから」

すると、父はひとつ息を吐いた。

「君。さっきの言葉を忘れず、風花と……子どもを第一にして守るように」

「必ず……！　約束いたします。本当にありがとうございます」

父が認めてくれた瞬間、私は母と目を合わせ、うれしさから自然と顔を綻ばせた。

「はあ。ほっとしたら一気に脱力しちゃう」

私は部屋に入るなり、安堵の息を零してベッドの角に腰を下ろした。

ここは札幌駅近くのホテル。窓からは雪をかぶったテレビ塔が見える。春海さんが私を気遣って部屋を取ってくれていたらしく、それを知ったのはつい先ほどだ。

いつもなら体力も自信があるし、ニセコに戻ろうって言っていたと思う。それができないくらい、やっぱり私の身体は急激に変化を続けているみたい。

春海さんはネクタイを緩めながら、隣に座る。

「俺も。門前払《もんぜんばら》いされたらどうしようかって不安だったから」

「春海さんでも、そんなふうに思うの？」

どちらかと言えば、普段は弱気な発言をする人ではないから意外だ。

「当然だろう？　仕事上での難しい交渉は慣れていても、好きな人のご両親への挨拶なんて、生まれて初めてなんだ」

やや頬を赤らめる春海さんが、とても可愛く愛おしい。

触れたい欲求が芽生え、そっと手を重ねる。その先は、自分からはなかなか動き出せなくて、ジッと見つめるだけ。

「思わせぶりな目をして……俺を困らせたいの？」

彼はたちまち熱く艶っぽい表情で私の顎を捕え、親指で下唇をなぞった。身体が自然と彼に吸い寄せられ、ゆっくり睫毛を伏せていく。完全に視界が暗くなる直前に、春海さんの鼻梁《びりょう》が頬を掠めた。

唇を柔く、やさしく、甘く愛撫される。いろんな角度で触れてくれるのに、上辺を撫でる程度の控えめな口づけにもどかしさが募る。

私は堪らず春海さんの袖口を掴み、上目で見つめて懇願《こんがん》した。

「もう少し……してほしい」

自分がこんなことをねだるなんて、当然ながら今まで一度もない。顔から火が出るほど恥ずかしい思いをしてまで吐露したのは、春海さんをもっと深く感じたいから。

「あー……。素直な風花って本当に可愛すぎる」

きゅんとする言葉に背中を押されるように、再び目線を上げる。次の瞬間、唇を奪われた。

要望通りの、官能的で甘美な大人のキス。

もう姿勢を保っていられなくて、彼の腕に身体を預けた。舌先を名残惜しそうに吸われたのち、至近距離で見つめ合う。それから、そっと横たえられた。

ベッドの軋む小さな音が、鼓動をさらに速くする。

そんな私の状況を察しているみたいに、彼は髪の生え際からゆっくり指を差し込んで、やさしく頭を撫でる。

心地よさに瞼を下ろすと、耳元でささやかれた。

「体調の心配もあるし、少しだけ……って思ってるのに、俺が我慢できなくなりそう」

ぱちっと目を開けた先には、欲情を必死に抑えるような表情を浮かべる彼がいた。

私の勝手な頼みごとも、身体もお腹の子どもも、できる限り大切にしてくれている春海さんに、何度でも胸がときめく。

どのくらいそうしていたか、わからない。

ひとつのベッドの上で抱き合いながら、ふいに弱気な本音を零す。

「今度は私が挨拶しに行くんだよね。緊張するな……久織家って名前がやっぱり」

「今日ご両親にも説明した通り、うちはすでに兄ふたりが久織の後継者として活躍しているから平気さ。三男は気楽なものだよ」

「嘘。気楽なんて言えないくらい、仕事に打ち込んで頑張ってるでしょう？」

後継者云々は私には想像できない部分ではあるけれど、春海さんの仕事に対する思いや行動は、真面目で真摯だと感じている。それでも、彼が『三男』と口にした部分は、多少私の気持ちを軽くした。

「ところで、お母さんとの挨拶はどうなりそう？」

初めに春海さんからお母さんの話を聞いた時は、こんなふうに気軽に尋ねることはできなかった。彼から〝極力話したくない〟というオーラが出ている気がして。それが今や、雰囲気を読んで探ってから話題を出すことをしなくてもいい。

春海さんは、本当に一歩を踏み出したのだ。

「確か、最後に聞いたのはアメリカのソルトレイクシティにいるって話だったか」

天井を仰ぎ見てそう呟くと、おもむろに上半身を起こして私の頭に手を置く。

「心配そうな顔しなくても、ちゃんと確認するよ。なんなら今聞いてみようか」

「えっ？　ううん。私、急かしたわけじゃ」

「善は急げって言うだろ。確認だけだし、大丈夫。すぐ終わるよ」

ニコリと微笑みかけた彼は、ベッドから立ち上がりスマートフォンを操作する。すぐに電話が繋がり、その会話の様子から推察するに、どうやらお兄さんに電話をかけているみたいだ。

穏便《おんびん》に話が進んでいる雰囲気だったのに、春海さんが急に片手で頭を押さえて顔を顰めるから不安になる。

「そっか……そうだよな。いや……ありがとう。じゃあ、よろしく」

通話を終えた彼に、おずおずと問いかける。

「どうかしたの？」

お母さんに会う前に、お兄さんからすでに反対されてしまったとか。

どうしてもマイナス思考に引きずられる。不安な思いで言葉を待つと、春海さんは私を一瞥して苦笑した。

「いや……。俺、風花を守るって風花のお父さんにさっき約束したばかりなのに、まだまだだなあって」

私は首を捻る。春海さんはこちらに歩み寄り、隣に腰を下ろした。

「兄さんに、妊娠初期の風花の身を第一に考えるよう注意されたよ。そうだよな。大事にしなきゃいけない時期に、長時間のフライトは堪える。食事も環境も変わるとストレスがかかるのに。気持ちが急いて気がつかなかった。すまない」

深々《ふかぶか》と頭を下げられ、戸惑う。

「ううん。それは私にも言えることだった。最近、体調はそこまで悪くないし、簡単に行ける気でいたから。でもじゃあ、お母さんとは……」

難しいのかな。せっかく春海さんが決心したのに。そうかといって、春海さんだけ行ってきてっていうのは、私が言い出した結婚の挨拶という趣旨からずれちゃう。

俯いて下唇を小さく噛んでいると、春海さんが朗《ほが》らかに言った。

「ああ。それで、兄さんが『ふたりでどうしても会いたいなら、母さんを日本に呼べばいい話だ』って」

「えっ！　呼べばいい話って……そんな簡単に？」

「うーん、俺もどう転がるかは……。母親は忙しい人だってずっと聞かされてきたし。だけど、兄たちなら簡単にやってのける気もするし」

「兄〝たち〟？」

「あ、今電話したら、兄さんふたりが偶然一緒にいるところだったみたいで」

一緒に……土曜日だから、家族で集まったりしているのかな？　仲がいい兄弟なのかも。だって、一本の電話ですぐに協力してくれるみたいだし。

「そうなんだ。それならお兄さんたちに託して祈るしかないね。……大丈夫？」

「まあ、多少緊張はするけど。今は正面から言いたいこと聞きたいこと、ちゃんと話せる気がしてる。風花のおかげで」

手をきゅっと握られ、視線を合わせて微笑み合う。先に立ち上がった春海さんは、繋いだ手はそのままにゆっくり引いた。

「ああ、夕食の予約は和食でよかったよな？　風花、さっぱりしてるのがいいって」

私は頼もしい手をグイと引っ張り返し、その勢いで彼に抱きついた。

「うん。ありがとう。大好き」

春海さんは、これまでいつも私の気持ちに寄り添ってくれた。そして今、お腹の子どもにも同じようにしてくれていると感じて、心からうれしい。

背中に回す腕に力を込めると、春海さんも私に覆い被さって抱きしめ返してくる。

「ツンデレの風花もいいけど、素直なのもドキッとして制御《せいぎょ》がきかなくなりそう」

低く魅惑的な声にささやかれ、身体が熱くなる。

ゆっくり腕の力を抜き、春海さんを見上げた瞬間、やさしいキスが落ちてきた。


その後、約二週間が経ち、二月に入った。私たちは現在、東京にいる。

ニセコで生活をしていたのは一月いっぱい。春海さんの現地での仕事は、当初からその程度で一度落ち着くとわかっていたらしい。

ちなみに別荘は別の管理会社と再度契約を交わし、正式にお役御免《ごめん》となった私は、春海さんの熱烈な要望で東京にある彼のマンションに越すことになったのだ。

まだ婚姻届も出していない状態で、正直迷ったところに『距離が近い方が日常的なフォローをしやすい』と懇願されたのが決め手になった。

そうして、二月から東京暮らしを再スタートさせている。

ちなみに、一月分の給料は律儀《りちぎ》に契約書通りの額面を振り込まれていた。別荘管理のアルバイト募集自体が架空のものだったのに、春海さんは〝自分を撮ってほしい〟という依頼をこなしたから、と契約書通りに支払ってくれた。

結局ありがたく受け取ることになった給料は、東京での生活費も不要と言われているのもあり、ほぼ丸々手元に残った。だから、私は春海さんにお金を返した。もちろん、スイートルーム宿泊代の一部だ。しかし、薄々予感はしていたけれど、それも拒否された。

超高層タワーマンションの最上階から街を眺め、改めて思う。

つくづく人生ってわからない。つい二か月前にはどん底で、もう二度と東京で生活することはないのだと感傷に浸って地元へ帰ったのに。

振り向けばゆうに三十畳はあるリビングと、テレビや雑誌でしか見たことのないスタイリッシュで広々としたキッチン。本音を言うと全然慣れなくて、いまだにどこかのホテルに宿泊している感覚だ。

「風花。体調は変わりない？」

リビングにやってきた春海さんは、ネクタイの結び目に手を添えながら尋ねる。

「うん。そろそろ行く？」

「……行こうか」

コートを小脇に抱え、玄関へ足を向ける彼の背中を祈る気持ちで見つめた。

今日は、いよいよ春海さんのお母さんと対面する日。

春海さんからは、ふたりのお兄さんが連携を取り、お母さんとの対面を実現するべく、最短で日程を調整し手配してくれたと聞いた。

セッティングしてくれた場所は都内屈指の高級ホテル。アフタヌーンティーを一緒に、となっているらしい。

春海さんが運転する車で移動し、パーキングに停めてシックな雰囲気のロビーを通過する。私は高層階のラウンジへ向かうエレベーターの中で、自分がとても緊張しているのを感じていた。

きっと、彼も同じ。そう思うのは、繋いだ手にほんの少し力が入っているから。

私たちはなにか言葉を交わすでもなく、ただ手を重ね、目的階に到着する直前に一度だけ視線を交わし合った。

スタッフに声をかけられ、『久織』と伝えるとすぐに個室へ案内される。

予約されていた部屋のドアが開かれると、十畳ほどある室内には雅《みやび》やかな女性がすでに着席していた。

スタッフが退室すると、その女性——春海さんのお母さんが立ち上がる。

緊張の一瞬だった。春海さんとお母さんが、何十年ぶりに顔を合わせているのだ。

先に口を開いたのは、春海さん。

「あー……春海です。あなたの、三番目の」

「わかります。当然でしょう?」

お母さんは軽く目を伏せ、淡々と答えた。私はせめて多少でも潤滑油《じゅんかつゆ》的な役目を果たしたくて、明るい声をあげた。

「初めまして。北守風花と申します」

すると、お母さんは予想外なことに、私を見てにっこりとやさしく微笑んだ。

「久織木綿子《ゆうこ》です。初めまして。どうぞおかけになって」

着席後は、ぎこちない空気ではあるもののティーセットをオーダーし終えた。

アフタヌーンティースタンドやポットなど、すべて揃ったのちに春海さんが話題を切り出す。

「俺たち結婚します。だから今日は、あなたにもその報告を」

「知っています。用件はそれだけかしら?」

木綿子さんは最低限の言葉だけを発し、ティーカップを口に運ぶ。

私はふたりの再会を見守るしかできない。心の中で春海さんに何度も『頑張れ』とエールを送る。

「いや。それと……二十年以上の空白を埋めたくて、会いたくなった」

春海さんの口調もまた、木綿子さんに似て抑揚《よくよう》がなかった。

でも、私は喉の奥が熱くなった。単調に聞こえたのは、彼があふれ出そうになる感情をどうにか抑えているせいだとわかっているから。

緊張が高まる中、正面に座る木綿子さんは美しい所作《しょさ》でティーカップをソーサーに戻した。

「それは、隣の風花さんに諭されたから？」

「違う。彼女は俺の本心に気づかせてくれて、きっかけを作ってくれただけだ」

「では、すべてはあなた自身の意志？」

木綿子さんの真剣な目に固唾《かたず》を飲む。ちらりと隣の春海さんを見ても、同じく引きしまった表情をしていた。

「ああ」

春海さんがしっかりと返事をすると、木綿子さんはおもむろに俯いた。

沈黙する彼女を見て、ハラハラしているとパッと顔が上がる。

「まさかこんな日が来るなんて……！」

木綿子さんは一変して明るい顔で声を弾ませた。急な変貌《へんぼう》に動揺し、春海さんを見やれば、彼もまた驚いて眉を上げていた。

「とても感慨深いわ」

そうして驚愕する私たちの前でひとこと漏らす彼女の目に、光るものを見た。

第一印象と全然違う。木綿子さんの初めの受け答えから、彼女は春海さんに対してすでに情などなく、まして母子として接するつもりなど皆無なのかと思わされた。

他人の私でさえ戸惑っているのだから、春海さんは相当困惑しているに違いない。

「私がずっとあなたに興味がないと、そう思っていたんでしょう?」

「誰だって……邪魔者扱いされたらそう思うよ」

彼の淡々とした言葉の中に、悲しさや悔しさが滲んでいて胸がしめつけられる。

なにか……なんでもいい。私がこの場で言葉を発して彼を守ってあげたい。

そんなふうに思い、喉元まで声が出かかったものの、寸でのところでグッと堪えた。

これは母子の問題。私が容易に介入してはいけない。まだ、もう少し……ふたりでどうか、心を通わせ合って……!

「それが真実だとはっきりしてしまったら、もう一度傷つくことになる。だから俺は逃げ続けていた」

春海さんは言葉を重ね、膝の上で手を握りしめていた。

もしも仮に、周囲が『それは違う』と否定しても、それさえも疑って信じられなくなってしまう彼の心理はなんとなく理解できる。

「けど、彼女と出会って同じ時間を過ごしていくうちに、凝り固まった心が解れていく感じがした。今なら素直になれるし、きつい現実も受け止められる」

さらに続けた春海さんの言葉に、思わず彼を見た。

柔らかな眼差しに心からほっとする。さっききつく握っていた彼の手も、今は力が抜けていた。

「そうね。まずなにから話そうかしら？」

木綿子さんはすごくうれしそうに目尻を下げ、穏やかな口調で言った。

「いや、あのさ。さっきからなんで急にこう……笑顔なわけ？」

春海さんが疑問を口にすると、彼女は寂しげに微笑む。

「それは多分、最後まで私の話を聞いてくれたらわかると思うわ」

重みを感じる前置きだった。私たちはなにも言わず、木綿子さんを見つめた。

「私が仕事で海外へ行くことになったのは、あなたが三歳になったばかりの頃。寒い冬の季節に。大変だったわよ、幼児を連れての渡航は」

木綿子さんの言葉を、私はすぐには理解できなかった。

今言っていた『幼児』って、まさか――。

「えっ……俺？」

春海さんもまた、驚き動揺した様子でそう零した。

木綿子さんは落ち着いた雰囲気のまま、答え始める。

「そうよ。あなただけでも一緒にと思って。亮《あきら》と誠也《せいや》はそれぞれ自分の意志で日本に残ったから。本当、あのふたりは変に大人びていて、母親として寂しかったわ」

あのふたりっていうのは、きっと春海さんのお兄さんたちのことだ。

それはさておき、私が聞いていた話と違う。彼は一方的に日本に残されていったんじゃないの？　本当に木綿子さんは春海さんだけを連れて海外に……？

じゃあ、春海さんはまだ幼すぎて置いていかれたと思い込んでいたっていうこと？　だけど、一度連れて行ったはずの春海さんは、そのあとどうして木綿子さんと離れ離れに……まだわからないことが多すぎる。

私も春海さんも、唖然として言葉を失っていると、木綿子さんがショートボブの髪を耳にかけながら言う。

「三歳なら覚えてなくても無理はないわ。その時期、仕事で上海《シャンハイ》に長期滞在していた一さんをふたりで追いかけるような形でね」

春海さんの表情は硬いまま。

「どうして俺だけ一緒に？」

「私が離れたくなかったから。可愛い盛りの息子だもの。当然でしょう？」

木綿子さんは、その質問で大きく取り乱すことはなかった。しかし、ふっとばつが悪そうな雰囲気になり、視線を流して続ける。

「仕事はお祖父《じい》様の言いつけよ。あなたも知ってるでしょう？　久織のお祖父様は、ご自分が絶対という方だったから、私はもちろん一さんも頭が上がらなかったの」

「祖父さんの……」

春海さんは呟きつつも、納得している顔つきだった。

どうやら、初めから春海さんの認識が間違っていたみたい。

そうだとしても、あまりに小さい頃の出来事だから仕方ないと思う。だからといって、春海さんにとっては簡単に『そう』と受け入れられるものでもないだろう。

「私が実家でみっちりマナーや作法も教え込まれているうえ、中国語を含む四か国語を話せるのを、お祖父様がたいそう褒《ほ》めてくださったのよ。そして、あなたが三歳になった頃に投資開発事業の一環で、海外のホテルに勤めるよう強く勧められたというわけ。ちょうど一さんも上海にいるし……とダメ押しで言われてね」

「そんなことって……」

話の腰を折りたくはなかったのに、思わず心の声が口をついて出ていた。

「いや。風花は知らないから信じられないかもしれないが、あの祖父ならありうる。頑固なところがあって、気も強かったんだ。今はもう歳を取って、緩和ケアを受けるほど弱ってしまったけれど……」

春海さんは渋い顔で答え、さらに踏み込んだ。

「仕事の件はわかった。なら、大変な思いをしてまで一緒に連れて行った俺をひとりだけ先に返し、そのまま日本に残した理由は？　育てる余裕がなくなった？」

おそらく春海さんが物心《ものごころ》ついた時から今日まで、引っかかり続けていたことだ。

空気がピリッとし、緊張感が走る。そんな中、木綿子さんは「ふう」と息を吐く。

「まさか。母というものは、余裕がなくてもどんな時でも、我が子を育てたい気持ちになるものなのよ」

「わからない。言っていることと、やっていることが違う」

即座に切り返す彼の様子から、焦燥感に駆られているのがわかる。

徐々に冷静さを保てなくなっているんだ。内心おろおろとしてふたりを交互に見ていると、木綿子さんが観察するようにジッと春海さんを見つめていた。

「聞いてはいたけれど、本当に症状はすっかり治《おさ》まってるのね。よかったわ」

心から安堵した表情を浮かべて言った内容を聞き、咄嗟に春海さんに問いかける。

「春海さん、どこか身体が弱かったの？」

彼は目を大きくして首をふるっと横に振った。

「いや……それもまったく覚えてない」

彼自身が現在知らないのだから、身体の心配はしなくて大丈夫だよね？

不安がちょっぴり残ったまま木綿子さんに視線を送ったせいか、彼女は一度頷いて口を開いた。

「小児喘息《ぜんそく》だったのよ。上海の空気が幼児期のあなたには合わなかったみたい。薬を嫌がるあなたに毎日工夫してごまかしながら飲ませるの、とても大変だった。帰国したら、半年ほどで嘘のように症状がよくなったって聞いてほっとしたのよ」

木綿子さんは懐かしそうに目を細め、遠くを見ている。

「もしかして……だから春海さんが『会いに行きたい』と言ったのを断った……？」

春海さんの持病を考慮して、会いたい気持ちを押し殺して。

木綿子さんの切なそうな表情を見て、私が零した予想が合っていたと確信する。

「外に出ると、毎回発作が起きて苦しむあなたを見て決意した。日本に帰ろうって。でもお祖父様に仕事が軌道に乗るまで耐えるよう言われて。一さんが説得しても、相手が一枚も二枚も上手《うわて》。さすが久織グループを大きくした方なだけあるわよね」

その時のやるせない感情を思い出したのか、木綿子さんは憂わしげに睫毛を伏せた。

「あなたから電話越しに〝会いたい、行きたい〟と泣きつかれた時、もう二度と発作で苦しませたくない一心で、ついひどくきつい返しをしてしまったこと、ずっと後悔していたわ。取り返しのつかない傷をつけてしまった、と」

それで幼い春海さんは、自分が拒絶されたと勘違いしてしまったんだ。

木綿子さんの話はあまりに胸が苦しくて、思わずまた会話に加わってしまう。

「そんなの、つらすぎます……」

だって、つまりはふたりとも寂しい思いをしていたのだ。

涙ぐむのも束の間、我に返る。

「あっ……部外者がすみません」

彼女は出しゃばった私を一切咎めず、儚《はかな》げに微笑んだ。

「久織に嫁《とつ》ぎ、家庭だけでなく仕事でも必要とされたのは素直にうれしかった。ただ事業に関わったからには無責任な行動はできない。だけど、可愛い息子と離れるなんて嫌……どちらも本当の気持ちだった。勝手でしょう？」

そうか。木綿子さんはそういった自責の念を抱えていたから、離れていく春海さんを追いかけられなかったのかもしれない。

「やっと会いに行けるようになった時には、あなたが私に会いたがらなくなっていた。でも、こちらから踏み込むのも怖かった。一さんや親しい家政婦、秘書……人の口からは聞けても、あなたから直接『不要《いらない》』と言われるのが、なによりも……」

木綿子さんの本音を知り、衝撃を受けた。

ふたりが同じ心境でいたために、長年お互いに避けていただなんて……。

「あなたを頑なにさせてしまった挙句、私自身も臆病になり動けなかった。だけど、逃げてはいけなかったのよね。わかっていても、時間ばかりが過ぎて……。本当にごめんなさい」

すっかり冷めた紅茶など、この場の誰もが気にも留めない。

今は紅茶もケーキも、座り心地のいい椅子《いす》も最高のロケーションもなにもかもが後回し。それよりもなによりも、優先すべきものが目の前にある。

きっと、春海さんも同じ気持ちでいるはず。

そう信じて彼を見ると、精悍《せいかん》な顔つきで木綿子さんと向き合い冷静に告げる。

「会いたくなかったよ。どうせ俺に興味はないんだろうって思い込んでいたから。そして、誰の話も聞かないよう必死に耳を塞いだ。だからきっと、自分の病気のことすら知らずに来たんだ。俺は小さい時から頑固者だって言われてるしな」

最後は冗談交じりに話す彼は、木綿子さんからまっすぐ目を逸らさずに続ける。

「だけど一度も不要と思ったことはない。いつだって忘れられずにいたよ――母さん」

〝母さん〟

そのたったひとことは、木綿子さんにとってどれほど待ち望んでいたものだっただろうか。それは、彼女の表情の変化を取り零さずに見ていたらよくわかる。

初めは驚き、そして夢か幻かと戸惑いながら、瞳に映る大人になった春海さんを実感しての感涙。

木綿子さんはハンカチで目元を押さえながら、小さく笑う。

「ふふ、私も興味がないどころか、あなたのことを毎日考えていたわ。いろんな伝手《つて》を使って近況を聞いて過ごしたり。だから風花さん。あなたのことも、もちろん知っていたのよ」

「そ、そうだったんですか」

今日お会いする前から知られていたとなると……いったいどういう情報だったのか

心配になる。けれども、木綿子さんがあまりに慈悲深いやさしい笑顔を向けてくるから、心がざわつく感覚もどこかへいってしまった。

「さっき、自分を『部外者』とおっしゃっていたけれど、違うでしょう？　私たちは家族になるのだから。そうよね？　春海」

なにげない会話だったかもしれない。だけど、私は聞き逃さなかった。

今日、初めて木綿子さんが『春海』と呼んだ瞬間だった。

ひとり感極まっていると、春海さんは私の手を握り、ひとこと「ああ」と答えた。

「風花さん、春海、今日は本当にありがとう。ふたりは私にとって大切な家族よ。これからもずっとね」

春海さんはその言葉に、ほんの少し耳が赤くなっていた。

そんな彼は、照れ隠しなのか、僅かに砕けた調子で木綿子さんへ質問を返す。

「ところで、父さんと頻繁に会う暇あるわけ？　この前だって、俺がほんの少し捕まえるのにも大変だったくらい忙しくしてるのに。母さんだって仕事あるんだろうし」

「大丈夫よ。一さんとは、月に最低一度は世界各国で待ち合わせしてデートしているの。今まで聞いたことなかったかしら？」

「は？　知らないし」

「先月はパリ、今月は東京で会って、来月はドバイで約束してるの」

デートのスケールが大きすぎて、圧倒されてしまった。

でも、「毎回デートが楽しみなのよね」と惚気《のろけ》を言う木綿子さんは、とても可愛らしかった。


マンションに戻った頃には、すでに空は暗かった。

リビングに入り、ソファに吸い寄せられるようにして腰を下ろす。春海さんも隣に座り、「ふー」と息を漏らした。

「疲れただろう。ごめんな」

「緊張という意味で多少疲れはしたけど、謝ることじゃないよ。お母様、素敵な人だった」

上品で頼もしさもあって、時々少女のように可愛らしくて。だけど、やっぱり母で、とても大きなやさしさに包まれる感覚になった。

私は身体を春海さんに向け、まっすぐ見つめる。

「春海さん。もう自分を卑下《ひげ》して傷つく必要なくなったね。それが本当にうれしくて、私……」

堪えきれずにポロポロと涙が零れ落ちていく。

今回の木綿子さんとの対面は、下手をすれば彼をより深く傷つける結果にもなりかねなかった。一か八かだった。それが確実に好転した今、安堵するとともに泣かずにはいられない。

前傾姿勢になって両手で顔を覆う私の背中を、春海さんはゆっくり撫でる。そして、くすっと笑った。

「風花、あの場で泣くのを我慢していただろ。俺たちを気遣って、最初からずっと目立たないよう、極力そばにいるだけにしようとしてくれていたもんな」

「うー、でも結局いろいろと口を挟んじゃって」

涙声で後悔を口にした瞬間、ふわりと抱きしめられた。

彼は私の旋毛に唇を寄せ、ささやく。

「ありがとう。風花がいなければ、今日という日はきっと永遠に来なかった」

「そ、そんな大げさ、な……」

一瞬、聞き逃してしまいそうなほど小さな、鼻をすする音がした。ゆっくり距離を取り視線を上げると、彼は真下を向いていて表情がわからない。でも、僅かに震えている肩を見れば、顔など見なくてもどんな気持ちか伝わってくる。

「春海さん――」

無意識に彼の名を呼び、両手を伸ばして春海さんの頭を自分の胸に抱き寄せる。

その夜は、短い黒髪を何度も撫でながら、私たちは無言で心を通わせていた。


木綿子さんと和解した彼は、あれ以来、時々メッセージをやりとりしているらしい。ちなみに、初メッセージは先月のパリデートの時のツーショット画像が添付されていた。私にも見せてくれたのだけど、ご両親はルーブル美術館とガラス張りのピラミッドの前で腕を組んでいて、仲睦まじい様子に素敵だなあと思った。

ちなみに春海さんは、『いい歳して』と悪態《あくたい》をつきながらも、どこか微笑ましそうだった。

それから別の日に、私は春海さんのお父さんにもお会いすることができた。

先に木綿子さんとのツーショット画像で顔を見ていたからか、そこまでひどく緊張はせずに済んだ。

お父様は大企業の経営者らしい威厳を持ってはいるものの、それは決して冷徹なものではなく、心はやさしい方なのだろうなと感じられる人だった。

私たちの結婚を改めて承諾してもらえたので、これで心置きなく前へ進める。

そうして最近の私はというと、都内の産婦人科に転院したあとも、検診経過は順調。今はバランスのいい食事と適度な運動を心がけている。

眺めていた母子手帳を、リビングにあるキャビネットの引き出しに入れる。その際に、クリアファイルに挟んだ未提出の婚姻届に目をやった。

この間、木綿子さんにも署名をもらって、空欄が埋まった婚姻届。

しかし、彼から『提出を少しだけ待ってほしい』と言われていて、未提出のまま。

家族絡みの都合か仕事のタイミングか、詳細は知らないけれど、私は彼の都合でいいと答えてある。

不安をまったく感じなかったかと問われれば、正直多少の不安はあった。

だけど、私は彼を信じている。だって、あんなに根気強く熱心に私に寄り添ってくれるようなやさしい人だもの。

引き出しをそっと閉め、キャビネットの上に用意してあったカメラを手に持ったところで声をかけられた。

「準備はいい？　ちゃんと暖かい格好してる？」

春海はにこやかにそう言って、私の服装チェックをする。

今日はこれからデートなのだ。

「うん。春海……も」

いまだにちょっとぎこちない呼び方に、自分で苦笑する。

木綿子さんとの関係も修復され、大きな問題が落ち着いたあとに春海に言われていたのだ。

『もっと親しい呼び方をしてほしい』と。

どうやら彼的には、『さん』などの敬称はない方がうれしいらしい。

「本当に車じゃなくて徒歩でいいのか？」

「身体の調子はいいし、普段は買い物くらいしか出かけてないから、散歩がてらいいかなあって。それに、歩いた方が結構いろいろと発見できるんだよ」

私はそう言って、カメラを構えた。

「風花がそう言うなら。だけど、くれぐれも無理は禁物」

「ふふっ。了解しました」

そうして、マンションを出たのが午前十一時。

行き先ははっきり決めてはおらず、ふたりで行き当たりばったりプラン。もちろん、途中で気になる場所や行きたいところが浮かべばそこへ行こう、というスタンスだ。

ひとまず電車に乗って適当なところで下車し、気になるカフェを見かけてふたりでランチをする。それから、あてもなく手を繋いで歩いては時折シャッターを切り、ふたりでカメラのモニターを覗き込んで笑い合った。

歩いていたらちょっと冷えてきたため、地下街へ移動する。その際、柱に設置されている広告を見て足を止めた。

「あれ？　あの広告、大迫リゾート系列かな？」

水色の空にピンク色の桜が爽やかで綺麗な広告だ。

「ああ。春に向けて打ち出したキャンペーンだな」

「桜がインパクトあっていいね。目立ってる。これって、やっぱり多少編集してる画像かなあ。それとも、撮影したままの写真なのかな」

思わずひとりでぶつぶつと呟いていたら、ふいに言われる。

「俺はいつか、風花の写真を広告に使いたいな」

「えー？　それはどうかな？　でも、もし私がエントリーした時には忖度《そんたく》なしでね」

こんな前向きな発言を自然とできている自分がうれしい。隣で微笑む春海を見て、幸せな気持ちで胸がいっぱいになる。

「ところで風花。俺、ちょっと行きたいところがある」

「もちろん、いいよ。どこ？」

デートの話をしていた時はなにも言っていなかったから、急に浮かんだ場所なのかな。彼についてはまだまだ知らないことが多いから、すごく気になる。

しかし、行き先をなかなか教えてくれないまま、彼は電車を乗り継いだ。たどりついたのは汐留駅。まさかと思いながら、ついて歩いていく。

欧風の建物、オシャレな石畳……このフォトジェニックな街並みは、私の好きなイタリア街。東京を去ると決めて、感傷に浸っていた思い出の地だ。

春海と腕を組んだまま、キラキラしている風景をぼーっと眺めていると、顔を覗き込まれる。

「なんとなく、風花をここへ連れてきたくなって。あの夜以来だろう？」

「うん。あの日はカメラを持ってなかったから……うれしい。ありがとう」

悩んで落ち込んで、ひとりで佇む自分の背中が見える気がした。あの歩道の脇で、いろいろな感情を噛みしめていた。

物思いに耽《ふけ》りつつ、スッとカメラを構える。

ファインダーの中に、あの日の自分はもういない。一度別れを告げた風景を前に、また新たなスタートを切る感覚になって頬が緩む。

それから数十分、あれもこれもとレンズを向ける欲求が止まらず、シャッターを切り続けた。何度か春海を気にして『もう十分』と告げたけれど、彼は『夢中になる風花を見たいからまだいいよ』と言ってくれた。

そして、イタリア街を心ゆくまで堪能し、そろそろ夕食を考えようとなった時に、春海がポケットを探り始める。

「あれ……おかしいな」

「どうしたの？」

「俺のスマホがない。駅出たあたりまではあったんだけど……マズイな」

私がひとりで撮影に没頭して、あちこち付き合わせたせいだ。

どうしようと青褪めていると、春海がなにかに気づく。

「そうだ。風花、あの時みたいに俺のスマホ探せそう？」

「あっ、うん。多分できると思う！」

急いで自分のスマートフォンを出し、操作をする。ＩＤやパスワードなどを入力してもらって、位置情報を確認した。

「ここから少し南の方向……あれ？　ここって」

「俺たちが再会したホテル？」

「そうみたい。近くまで行ってみないとはっきりわからないけど。誰かが持って行っちゃったのかな……」

嫌な予感が過る。だって、今日はホテル付近へは足を運んでいないのに、なぜ。

日本は治安がいい方だと言われていたって、犯罪がゼロなわけではない。

不安になってディスプレイを見続けていると、春海に手を取られた。

「ひとまずその場所に行ってみよう」

彼は私とは違い、動揺する様子もなく落ち着いている。

繋がれた手によって少し冷静さを取り戻した私は、思い出のホテルへ足を向けた。

二度目のアルベルゴ・アメシストは、その厳《おごそ》かさに気を取られる暇もなくエントランスを通過した。

「風花は念のためフロントに確認してもらえる？　俺は一応あっちのティーラウンジのスタッフに聞いてくるから」

「うん、わかった」

私は言われるがままフロントに急いで女性スタッフに声をかけた。事情とスマートフォンの特徴を説明すると、彼女は「少々お待ちくださいませ」と奥へ下がっていく。

本当にホテル内にあるのかな。あったとしても誰かがこっそり持ち歩いているとしたら……こんなに大きなホテルだし、見つけるのは至難《しなん》の業《わざ》。

どうか、親切な人がここに届けていて。

祈る気持ちで待っていると、ネームプレートに〝Manager〟と書かれた男性がやってきた。

「お待たせいたしました。こちらでお間違いございませんか？」

そう言って見せられたのは、春海のスマートフォンだった。ロック画面が私の撮った写真だから間違いない。

「これです！　あ、今本人を連れてきますので……」

「ああ。今回はお客様の身分証だけ確認させていただけたら結構です」

案外簡単に返してくれるんだな、などと内心首を捻りつつも、あたりを見ても春海の姿はないし、スマートフォンがなければ呼ぶことも難しいためスタッフに従った。

「はい。確かに確認させていただきました。ではこちらにお受け取りのご署名を。それと、こちらも一緒にお渡しするよう仰せつかっております」

署名が終わるところで、スマートフォンと一緒に差し出されたものに目を丸くする。

このカード……ルームキーだよね？　どういうこと？

「あの、これはどなたが？」

「久織様でございます」

久織!? ますますわからない。第一、久織とひと口に言っても、ご両親をはじめ、お兄さんたちもいるし、いったい誰のことなのか。

「わかりました。ありがとうございます」

私はとりあえずスタッフに頭を下げ、すべて受け取った。

とにかく春海と合流して、スマートフォンが見つかった報告と、ルームキーの意味を相談してみよう。

ティーラウンジまで急ぎ、入り口から様子を窺う。しかし彼の姿が見つからない。

春海のスマートフォンはここだから電話もできないのに、どうしよう。このルームキーだって謎なままなのに……。

ふとカードキーの裏を見ると、端の方に走り書きを見つけた。

《あの日と同じ部屋で待ってる》

カードの裏のその文字は――紛れもなく、春海の字。

彼の筆跡は、あの婚姻届を今日まで何度も見ていて覚えている。きっと間違いない。

すぐに顔を上げ、エレベーターホールへ急いだ。

最上階の廊下を歩くのは二度目。イブの日、こんなに素晴らしいホテルに足を踏み入れるのは最初で最後だと思っていたのに、まさか再び最高級の部屋を利用するとは思ってもみなかった。

そして今、ルームキーを持ってこうして同じ景色を見ているなんて。

一室の扉を前に、両足を揃える。

この扉の向こう側にはきっと……ううん、必ず彼がいる。

カードをかざし、ランプが緑色に点灯したのを確認して、ゆっくりドアノブを下にして扉を押し開けた。

視界いっぱいに広がる贅沢な空間。パノラマウインドウには煌めく街の明かり。

部屋の中央へ向かって、ぽつぽつと間接照明で照らされていて、誘われるようにふかふかしたカーペットの上を歩いていく。

横目で見たベッドルームが、深紅のバラの花びらで彩られていて驚く。無意識に足を止め、まるで映画みたいな素敵な光景を前にして胸が高鳴る。しかし、春海の姿がまだ見つからなくて、私は再び歩みを進めた。

前方のテーブルにも、パステルカラーの花が飾られていて見惚れてしまう。卓上には花だけでなく、テーブルランナーやカトラリーがセッティングされている。

とてもロマンチックな演出に恍惚《こうこつ》としていると、数えきれないほどの光の粒が浮かぶ窓ガラスに映る自分の背後に、彼が見えた。

「はる……」

名前を呼び終えないうちに、後ろから抱きしめられた。

「驚かせてごめん。どうしても特別な日にしたかった」

彼のその気持ちは、すでにこの部屋を見れば一目瞭然。

生花の香りがする中、ドキドキしながらガラスに映る春海を見つめる。

「俺たちの順序が一般的ではないとわかっているし、それで風花が肩身の狭い思いをすることもあると思う。本当にすまない」

「そんなこと」

「あるだろう。本来なら、想いを告げて絆《きずな》を深め合って、プロポーズをしてお互いの両親に挨拶へ行って一緒になる。新しい家族のことも、新婚生活をゆっくり満喫《まんきつ》しながら考えていくのがきっと理想だ」

思わず顔を後ろへ回して反論しかけたものの、真剣な目で断言されて言葉を飲んだ。

『本来なら』……それは私だってわかっている。でも、順を踏んで未来を選んで進んでいく幸福だけが、すべてではないはず。

たとえ私たちを嘲笑う人がいたとしても、私はひとつも後悔はないし、むしろ幸せだって胸を張って伝えられるから。

幸いなことに、私の両親も木綿子さんも、最後は笑顔で背中を押してくれた。

「春海。私、どんな一般的な理想論よりも、今がすごく幸せだから」

身体をくるりと反転させ、彼と真正面から向き合ってはっきり告げた。

すると、春海は目を丸くさせたのち、顔を綻ばせる。

「風花、手を貸して?」

言うと同時に、私の左手を丁寧に掬い上げる。そして、ポケットから出した指輪を薬指にはめた。

百万ドルの夜景にだって負けず劣らず、ダイヤが輝きを放つ婚約指輪。

結婚の意思はとうに確認し合った。それでもやっぱり、いざこんなふうに素敵なシチュエーションで指輪を贈られると、感極まる。

人生で最も至高の瞬間を迎えていると感じ、自然と涙腺が緩んだ。

「ずっと待たせていてごめん。だけど俺、せめて入籍は風花が心から笑ってこれを受け取ってくれたあとがいいと決めていたんだ」

彼は柔らかな声音で説明しながら、私の顔に手を添える。おもむろに視線を上げていき愛情あふれる瞳を見た、刹那。

「風花、愛してる。俺と結婚してください」

「——はい。こんな私でいいなら」

照れ隠しで余計なひとことを付け足しても、春海は怒らずにむしろやさしい笑いを零す。それから、今度は両手で頬を覆われ、顔を上向きにさせられた。

「ずっと言い続けてる。俺は風花がいい」

自然と手が春海の背中に伸びる。上背《うわぜい》のある彼に合わせ、つま先立ちをした。呼応するように前屈みになった春海から、甘いキスを注がれる。いつの間にか、花の匂いも忘れて春海の香りに包まれていた。

「風花はいつも感情移入しすぎなほど、俺のことを考えてくれているのを知ってた。だから、俺の問題が落ち着いてからじゃなきゃ、心からの笑顔は見られないと思って……。だけど、保留にしている間は不安にさせたよな。本当に悪かった」

ぎゅっと抱きしめながらされた説明で、これまでの春海の言動が腑《ふ》に落ちた。

私は彼の胸の中で小さく首を横に振る。

「ふふふ。それにしても大がかりなお芝居だったね。ホテルのスタッフまで巻き込んで。一日スマホなかったら不便だったんじゃない？」

私たちの初めての出会いの日になぞらえたのはわかったけれど、本当にスマートフォンを預けるなんて驚いてしまう。

「仕事用のを持ってたし、今日は朝から風花と一緒だから困ることはないと思って」

目を見合わせて、また笑い合う。

私を見る春海の眼差しが、なににもたとえられないくらいにやさしくて、温かい。

彼の手を両手で握り、視界が滲む中、笑顔で伝える。

「春海。私を救ってくれて──ここへまた連れてきてくれて、ありがとう」

春海は一度目を瞬かせ、ニコリとして額にキスを落とす。

「こちらこそ、俺と出会ってくれてありがとう」

大げさじゃなく、彼との出会いは私の人生を大きく変える運命の出会い。そんなふうに、春海も感じてくれているのがなによりもうれしい。

翌日、私たちは晴れて正式に〝夫婦〟となった。


──数年後、冬。

私たちは新年の帰省のあと、ニセコの別荘を訪れていた。

ここへ来るのは『暁《あかつき》』を出産して以降、初めて。暁というのは、現在二歳四か月の私と春海の息子だ。

「わあ、綺麗にしてくれてるね」

「ああ。今回は何泊かする予定と伝えたから、敷地内も丁寧に除雪してくれてる」

普段生活している住人がいないとは思えないほど、綺麗に整えられている。

私は車から降り、傾いた陽射しを受ける別荘を眺め、思い出に浸った。

「なんだか懐かしいような、そうでもないような」

ここの管理のアルバイトとして訪れてから、人生が百八十度変わった。めまぐるしかったけど、大切な思い出の場所。

暁を抱っこした春海が、私の隣に来た。

「あの広告をよく見ているからじゃないか？」

「あー、それもあるかも」

『あの広告』とは、紗理奈さんが手がけたリゾートホテルの広告のこと。

あれ以降、実は私と彼女は良好な関係を築けている。

紗理奈さんは一見ツンとした態度を見せつつも、私が誘ったらランチも付き合ってくれるし、暁の面倒をみてくれたりもする。今では、春海がいなくても私に用があって家に来ることもちょくちょくあるくらい。

そんな紗理奈さんが、リゾートホテルの案件を抱えていた際に、昔ここで私が撮った春海の写真を覚えていて、それを使いたいと申し出てきたのだ。

春海の顔がはっきりとはわからないよう、うまく編集をしてできあがった広告は『大切なあなたと、しあわせなひとときを』というキャッチコピーを添えて発信。

すると、瞬く間に話題となった。

「あれな……。俺が写っているというのがやっぱり落ち着かない」

「今のところ、誰にも気づかれてはいないでしょう？」

「風花の作品が認められてうれしいのは本心だけど……あれじゃなくても風花の写真には、ほかにもいい作品があったのに」

ぶつぶつとぼやく春海を見て笑っていると、暁がきゃっきゃと楽しそうに騒ぎ出す。

「いっぱい、ゆき。いっぱーい！」

言葉の早い暁は、満面の笑みで弾んだ声をあげた。

札幌の実家には冬にも何度か帰っていたから、雪を見たことはある。けれども、市街とはまた違うここの一面の雪原は、子どもにとってもやはり別格らしい。

「ふふ、そうだね」

「あそぶ～」

「ちょっとだけだぞ？　冬はすぐ暗くなるから」

春海が暁を地面に下ろし、安全な場所へ誘導する。ふたりが私に背を向けて親子の時間を過ごしている画を見て、思わずポケットからスマートフォンを取り出した。

カメラアプリを起動させ、急いで構図を固めてシャッターボタンを押す。カシャッと音が鳴ったあと、春海が振り返った。

「いいの撮れた？」

「うーん、どうかな？　一眼レフじゃなくスマホだし」

春海は脇に固めた雪山に一生懸命小さな手を入れる暁の安全を確認してから、私の元へやってくる。そして、スマートフォンの画面を覗き込んで言う。

「傑作《けっさく》が撮れたら、今度こそうちの広告に使わせて」

「商業デビュー間もない新人でよければ、ぜひ」

「こっちはデビュー前からずっと追いかけ続けてる古参《こさん》ファンだぞ？　新人もなにも関係ないよ」

柔和な声でささやかれたかと思えば、距離が近づく。鼻先が寄せられて、唇が触れる直前、暁の可愛い声が響き渡った。

「きらきら～！　きーれいっ」

私たちは同時にパッと顔を上げる。

「本当、綺麗ね」

「ああ、本当に」

そこにあったのは、深深と降り積もった銀世界に落ちる夕陽。そして、風花がキラキラと舞っていた。

それはまるで私たちの今を祝福し、希望に満ちた未来への道を照らすように。

おわり

あとがき

こんにちは。疑似北海道（プチ）旅行を味わっていただけましたか？

こちらは夏頃に執筆を始め、編集作業が冬頃。まさに作中ふたりが懸命に雪かきをしていたように、私もせっせと雪かきをしながら後半の作業をしておりました。常温のペットボトルが嘘みたいにいつの間にか冷えて、本当においしいんですよ（笑）。

そして、発売を迎えた今は、春がすぐそこまでやってきていますね。

せっかく北海道に在住しておりますので、こちらを舞台にした話を描きたいと思っていたのですが、今回叶いました。本当に感謝です。

冬の凛とした空気、雪の輝きや静かで眩い夕陽、深深と吐く白い息の形。

北国の冬の情景はたくさんありますが、その一部だけでもこの作品を通して感じていただけたらうれしいです。あ、夏の北海道もオススメですよ～（笑）。ぜひ。

今作も最後までお付き合いくださり、ありがとうございました！

宇佐木《うさぎ》

マーマレード文庫

一夜限りのつもりが、再会した御曹司に
愛し子ごと包まれました

2023年3月15日　第1刷発行　定価はカバーに表示してあります

著者　宇佐木　©USAGI 2023
発行人　鈴木幸辰
発行所　株式会社ハーパーコリンズ・ジャパン
東京都千代田区大手町1-5-1
電話　03-6269-2883（営業部）
0570-008091（読者サービス係）
印刷・製本　中央精版印刷株式会社

ISBN-978-4-596-76955-8

m a r m a l a d e b u n k o